KB177927

DMZ
천사의 별 1

DMZ
천사의 별 1

박미연
장편소설

이지북
EZbook

차례

1부 — 6월 21일 : 1st Day

2부 ― 6월 22일 : 2nd Day

1부

6월 21일
: 1st Day

생존 시작

벌써 드론은 삼십 분째 비행 중이다. 창 너머로 쩍쩍 갈라진 회색 땅과 붉은 진흙 바닥이 번갈아 나타났다. 아마도 예전에는 파란 강물이 흐르던 곳이었을 것이다. 그걸 보자 갈증으로 목이 탔다. 익숙했지만 여전히 견디기 힘든 고통이다.

나는 다시 창밖을 내다보았다. 바깥 풍경만으로는 어디쯤인지 알 수 없었다. 오늘 아침 일찍 경남 사천의 공군 기지에서 25인승 유인드론을 탔다. 그리고 태양이 여전히 오른쪽에 있는 것으로 봐서는 북쪽으로 향하고 있는 것 같았다. 나무 하나 없는 민둥산은 갈수록 높아졌고 메마른 골짜기는 깊었다. 험준한 산세를 보니 강원도 어디쯤이지 싶었다. 아까부터 돔팰리스도 보이지 않았으니 거의 확실하다. 하지만 왜 강원도인지 의아했다. 강원도는 물이 다 말라 버려 누구도 살지 않는 버려진 땅이다.

그때였다. 별안간 너무나 낯선 색깔이 두 눈을 덮쳐 왔다. 그 충격으로 온몸이 굳는 것 같았다. 난 입을 벌린 채 빠르게 눈을 깜빡였다. 초록의 거대한 숲이었다. 강이나 호수처럼 숲 또한 존재했으나 지금은 사라지고 없는, 사람들의 기억 속에나 남아 있는 과거의 그림자였다. 그런데 어떻게 저리 또렷한 초록색으로 존재감을 뿜어내고 있는 걸까.

"이담아, 저거 숲 맞지? 저거 진짜야? 홀로그램이나 VR 뭐, 그런 거 아니고?"

옆에 앉은 은성이 호들갑을 떨었다. 다른 아이들도 생전 처음 보는 숲의 출현에 술렁거렸다.

"다들 입 닥쳐! 범죄자 주제에 어디서 떠들고 있어!"

맨 앞자리에 앉아 있던 교도관이 벌떡 일어나 고함을 질렀다. 감옥에서 수없이 들었던, 쇳소리처럼 탁한 목소리가 소름 끼쳤다. 교도관은 새까만 전기 진압봉을 손바닥에 탁탁 두드리며 우리를 경멸스러운 눈빛으로 쳐다보았다.

"딱 한 번만 얘기할 테니까 잘 들어. 저기가 지금부터 너희가 살아남아야 할 곳, DMZ다. 목표물을 찾을 때까지 아무도 저곳에서 도망칠 수 없다. 수단과 방법을 가리지 말고 '천사의 별'을 찾아 최후의 1인이 되도록."

'DMZ'라는 말에 나는 숨이 턱 막혔다. 검붉게 잔뜩 녹슬었는데도 여전히 뾰족한 가시가 사방으로 뻗친 철조망이 떠올랐기 때문이다. 그 앞에서 군인들에게 끌려가던 엄마의 비명이 금방이라도 들릴 것 같았다. '소년들의 날'이 펼쳐질 비밀의 장소가 하필 저곳이라니, 악몽을 꾸고 있는 기분이었다.

무서움을 떨치려 고개를 세차게 흔드는데 갑자기 몸이 앞으로 확 기울었다. 드론이 급강하한 것이다. 그러자마자 감옥에서 입던 노란색 죄수복 차림인 우리에게 배낭 두 개가 빠르게 지급됐다. 하나는 초록색 생존 배낭이었고, 또 다른 하나는 낙하산이었다. 나는 혼란스러운 와중에도 교도관이 시키는 대로 낙하산을 등에 메고, 생존 배낭은 가슴 앞으로 멨다.

마침내 드론 문이 열리자 엄청난 회오리바람이 들이닥쳤다. 얼굴을 사정없이 때리는 거센 바람에 눈을 뜨는 것조차 버거웠다. 나는 넘어지지 않기 위해 두 다리에 잔뜩 힘을 주었지만, 그래도 몸이 자꾸만 휘청거렸다.

"빨리빨리 뛰어내려. 마지막에 남는 녀석은 짜릿한 전기 맛을 보게 해 줄 테니."

교도관이 진압봉을 휘두르며 으르렁댔지만, 아이들은 서로 눈치만 살폈다. 아무리 감옥에서 난다 긴다 하는 최고의 아이들이라도 하늘에서 뛰어내리는 게 수월할 리 없었다. 나 역시 심장이 터질 것 같았고, 다리가 후들거렸다.

그때 갑자기 누군가 거칠게 내 어깨를 밀치며 앞으로 나왔다. 김시영이었다.

"비켜! 그렇게 벌벌 떨 거면 여긴 왜 온 거야?"

시영은 나를 비웃더니 이내 몸을 돌렸다. 그러고는 잠시의 망설임도 없이 훌쩍 뛰어내렸다. 붉게 물들인 긴 머리를 휘날리며, 계단 하나를 내려가듯 무심히 그리고 가볍게. 잠시 후 시영의 낙하산이 무사히 펴지고 나서야 다른 아이들도 하나둘 뒤따라 허공으로 몸을 던졌다. 하늘에 꽃이 핀 듯 낙하산이 점점 많아졌고, 그걸 본 나는 마음이 조급해졌다.

발이 좀처럼 떨어지지 않았지만, 무조건 해내야 했다. 엄마를 구하려고 여기까지 온 게 아닌가. 나는 어금니를 꽉 깨물고 뛰어내리기 위해 발바닥에 힘을 주었다. 바로 그때 누군가 내 팔을 붙잡았다. 겁에 질린 은성이 날 붙들더니 아예 주저앉아 버렸다.

"이담아, 어떡해? 나, 고소공포증 있어. 다리가 움직이지 않아."

난처했다. 망설이다 보니 드론에 남은 건 나와 은성뿐이었다. 두 눈을 치켜뜬 교도관이 진압봉을 쳐든 채 다가왔다.

"빨리 안 뛰어내려? 둘 다 전기 맛 좀 보고 싶어?"

은성이 흠칫 놀라며 내 팔을 놓고는 뒷걸음쳤다. 지금이라도 혼자 뛰어내릴까, 하는 생각에 발이 먼저 움찔거렸다. 하지만 저대로 두면 정말 진압봉에 맞을지도 모른다. 저 성질 더러운 교도관이라면 은성이 기절할 만큼 센 고압 전류를 흘릴 게 뻔했다. 그렇게 둘 수는 없었다. 지옥 같던 감옥에서 유일한 친구가 돼 주기도 했지만, 언젠가 은성이 필요할지도 모른다는 생각에서였다.

　나는 은성에게 다가가 손을 내밀었다.

　"가자! 일단 여기서 나가야 뭐라도 해 보지."

　바들바들 떨고 있던 은성은 내 손과 진압봉을 든 교도
관을 번갈아 쳐다보았다. 그리고 결심한 듯 손을 내밀었
다. 은성과 나는 손을 맞잡은 채 나란히 문 앞에 섰다. 아
래를 내려다보니 거북이 등껍질처럼 갈라진 회색 땅 가운
데 짙푸른 숲이 섬처럼 떠 있었다. 나는 숨을 깊게 들이쉬
고는 허공으로 한 발을 내밀었다.

　휘이이이이익.

　귀를 때리는 엄청난 바람과 펄럭거리는 낙하산 소리,
얼굴을 짜부라뜨릴 것 같은 압력이 한꺼번에 밀려왔다.
나는 눈을 질끈 감았다.

　불과 몇 달 전만 해도 내가 3000미터 상공에서 낙하하
리라고는 상상조차 하지 못했다. 이게 다 '천사의 별' 때문
이다. 철조망 앞에서 눈썹 짙은 군인에게 끌려간 엄마가,
엄마를 구하려면 '천사의 별'을 찾아오라는 군인의 협박
이, 머릿속에 떠올랐다. 어쩔 수 없이 십대만 들어가는 감
옥에 첫발을 들였던 순간도, '소년들의 날' 최종 선발자 스

무 명에 간신히 뽑혔던 때도 떠올랐다. 스스로 원한 건 단 하나도 없었다. 하지만 엄마를 다시 만나기 위해서는 '천사의 별'을 반드시 내 손에 넣어야 했다. 그 생각에 이를 악물며 눈을 떴다.

발아래는 바로 땅이었다. 그대로 바닥에 나동그라져서, 겨우 정신을 차리고 몸에 엉킨 낙하산 줄을 풀었다. 서둘러 고개를 들고 그 상태 그대로 숨을 내쉬는 것도 잊은 채 멍하니 정면을 응시했다.

하늘을 찌를 듯 높이 솟은 나무들이 거대한 장막처럼 펼쳐져 있었다. 내가 발을 딛고 서 있는 곳은 여전히 메마르고 갈라진 땅인데, 불과 몇 미터 앞은 푸른 숲이었다. 초여름 햇살에 초록 잎들이 반짝였다. 바람에 날려 왔는지 나뭇잎 몇 개가 발밑에 떨어져 있었다. 나는 허리를 굽혀 연녹색 이파리를 주워 들어 코로 가져갔다. 상쾌하고 풋풋한 냄새가 났다. 저 숲은 정말 살아 있구나 싶어 가슴이 두근거렸다.

"저기에 대체 뭐가 있을까?"

언제 왔는지 내 옆에 선 은성도 홀린 듯 숲을 보며 물었다. 낙하산을 펼 때 잡고 있던 손을 놓쳤는데 다행히 잘 착

룩한 모양이다.

"글쎄, 통일 후에도 DMZ는 여전히 접근 금지 구역인 데다가 어른들도 가르쳐 준 게 없잖아. 책이나 뉴스에도 안 나오고. 아무리 그래도 여기에 숲이 남아 있다는 걸 어떻게 아무도 모를 수가 있지?"

그렇게 말하고 보니 정말 이상했다. 의도적인 것처럼 DMZ에 대해 알려진 것은 별로 없었다. 먼 옛날 남과 북이 전쟁을 치르고 휴전을 맺으며 만든 비무장지대가 DMZ라는 것 정도였다. 통일된 지 30년이 지났지만, 남북을 잇는 다섯 개의 연결 통로를 제외하고는 접근 금지가 풀리지 않았다.

게다가 대가뭄 시대가 시작되면서 물이 말라 버린 강원도는 버려진 땅이 되었다. 접근할 수도 없었고, 접근할 이유도 없는 DMZ는 사람들 기억에서 빠르게 잊혀 갔다.

'그런데 엄마는 왜 DMZ에 가려고 했던 거지? 엄마는 거기에 물이 있다는 걸 어떻게 알았던 거고?'

일주일 넘게 물을 구하지 못하자, 엄마는 갑자기 DMZ에 가야겠다고 했다. 경계가 비교적 느슨하다는 서해안 쪽에서 접근했지만, 결국 붙잡히고 말았다. 그렇게 위험한 줄 알았으면 아무리 목이 말라도 엄마를 말려야 했는데, 뒤늦은 후회가 가슴을 때렸다.

"이담아! 우리도 빨리 가야 할 것 같아."

은성의 말에 고개를 돌려 보니, 의욕 넘치는 아이들 몇이 재빠르게 숲으로 달려가고 있었다. 방심한 사이 선두를 빼앗겼다. 남자애들에 비해 체격이 왜소한 나나 은성은 힘보다 민첩함을 앞세워야 그나마 승산이 있다.

"어, 미안. 얼른 가자."

서둘러 배낭을 고쳐 메고는 은성의 뒤를 따라 내달렸다. 쩍쩍 갈라지고 딱딱한 회색 땅 대신 푹신한 풀을 밟으니, 낯선 감각에 신경이 곤두섰다. 그런데 뭔가 이상했다. 드론에서 가장 먼저 뛰어내린 시영이 보이지 않았다. 뒤를 돌아보자 시영은 여태 숲에 들어가지 않은 채 가만히 서 있었다. 꼭 뭔가를 기다리는 듯한 모습이었다.

'뭐지?'

알 수 없는 불안감에 머리카락이 쭈뼛 섰다.

"자, 잠깐만!"

나는 걸음을 멈추며 은성의 팔을 잡았다. 은성이 "왜?" 하고 뒤를 돌아보았다.

콰콰쾅! 콰아앙!

엄청난 진동과 함께 귀를 찢을 듯한 폭발음이 울렸다. 숲 가운데서 흰 연기와 흙 기둥이 하늘로 치솟았다. 누가 먼저랄 것도 없이 다들 머리를 감싼 채 바닥에 납작 엎드렸다. 귀에서는 삐 하는 쇳소리가 들렸고, 머리가 어찔했다. 거센 파도 위에 있는 것처럼 온몸이 흔들리는 느낌이었다. 그리고 바로 코를 찌르는 매캐한 냄새에 속이 울렁거렸다. 헛구역질과 함께 떠오른 건 감옥에서 처음 맡았던 화약 냄새였다.

지뢰

한 달 전이었다. 나는 한 상점에서 보란 듯이 물 한 병을 훔쳤다. 곧바로 방범 사이렌이 울렸고 현장에서 체포됐다. 그리고 계획한 대로 소년감옥으로 끌려갔다. 한 달후 열리는 '소년들의 날' 선발 테스트에 참가하기 위해서였다. 하지만 첫날부터 요주의 인물이 된 것은 내 계획에는 없는 일이었다.

"여기가 예전에는 낙동강이었어. 그러니까 파다 보면물기가 있는 붉은 진흙이 나올 거다. 거기에 감자를 심는거야. 그러니 넌 지금부터 진흙이 나올 때까지 땅을 판다.

알았나? 다 팔 때까지 배식은 없다."

삽을 던져 주며 교도관이 말했다. 나는 오후 네시까지 말라 버린 강바닥을 팠다. 타는 듯한 갈증은 말할 것도 없고, 내리쬐는 햇볕이 정수리를 익힐 듯 뜨거웠다. 손에 물집이 잡히고 허리가 끊어질 듯 아플 때쯤 붉은 진흙이 나왔다.

내가 손을 들어 신호하자, 씨감자가 든 양동이를 한 아이가 가지고 왔다. 끝이 살짝 올라간 큰 눈에 얼굴이 하얀 여자애였다. 붉게 물들여 하나로 땋아 내린 머리카락이 무척 강렬했다. 그 애는 선머슴처럼 짧은 머리와 주근깨가 도드라진 광대뼈를 가진 나와는 달리 예뻤다.

여자애는 내가 죽어라 파낸 진흙에 씨감자를 묻었다. 그게 끝이었다. 어떻게 넌 땅을 파지 않아도 되냐고 물어보고 싶었지만, 내게는 눈길도 주지 않고 바로 그 자리를 떠났다.

나는 비틀거리며 배식하는 천막으로 향했다. 점심시간이 훌쩍 지났지만 배식 줄은 길었다. 오랜 기다림 끝에 내 손에는 말라비틀어진 감자 하나와 흙탕물처럼 누런 물 반 병이 주어졌다. 한숨이 절로 나왔다. 그래도 배가 너무 고팠기에 감자를 입에 가져가려는 순간이었다.

퍽.

누군가 내 등을 발로 차는 바람에 그대로 고꾸라지고 말았다. 190센티미터는 족히 넘는 키에 노란 죄수복이 터질 것 같은 덩치의 한 남자애가 날 노려보고 있었다. 감자만 먹고도 저렇게 살이 찔 수 있다는 게 놀라울 따름이었다. 덩치는 허리를 굽혀 내가 쥐고 있던 감자를 억지로 빼앗았다.

"신입 주제에 첫날부터 입에 뭘 넣을 수 있을 거라고 생각했냐?"

그러고는 누런 이를 드러낸 채 웃으며 누군가에게 내 감자를 건넸다.

"시영아, 이거."

씨감자를 묻던 바로 그 애였다. 시영이라 불린 아이는 당연하다는 듯 감자를 받아 들었다. 그러고는 양동이 속에서 작은 주머니를 꺼내 감자를 넣었다. 그 안에는 내 것 외에도 몇 개의 감자가 더 들어 있었다. 저게 교도관들에게 줄 뇌물이구나, 하는 생각이 퍼뜩 들었다. 대가뭄 시대에 식량이라고는 감자밖에 남지 않았고, 그건 곧 감자가 이곳에서 화폐라는 이야기였다. 이 여자애가 땅을 파지 않았던 이유를 깨닫자 분노가 불길처럼 타올랐다.

바닥에 엎어져 있던 나는 몰래 흙 한 움큼을 손에 쥐었다. 그리고 그대로 둘에게 돌진해 얼굴에 뿌렸다. 예상치 못한 공격에 그들은 얼굴을 감싼 채 비틀거렸다. 나는 멈추지 않고 덩치의 등에 냅다 발길질을 했다. 그런 다음 여태 눈을 뜨지 못하고 쩔쩔매는 시영의 손에서 감자 주머니를 낚아챘다. 시영이 새된 소리를 지르자 저만치 있던 교도관들이 몰려들었다.

젠장, 이대로 잡히면 아무것도 얻지 못하고 처벌만 받을 것이다. 교도관들을 피해 천막 반대편의 황무지로 질주했다. 지명수배자인 엄마 덕분에 늘 도망치며 살았던 터라 달리기 하나만은 정말 자신 있었다. 나는 뛰면서 감자를 꺼내 입 속에 욱여넣었다. 잡힐 때 잡히더라도 배라도 차면 덜 억울할 것 같았다.

"거기 서! 더 가면 위험해."

어디선가 날카로운 여자애의 목소리가 들려왔다. 말라죽은 채 기둥만 남은 고목나무 뒤편이었다. 누군지는 모르겠지만 멈출 수는 없었다. 나는 계속 뛰면서 두 번째 감자를 입으로 가져갔다.

그때 갑자기 고목나무 쪽에서 돌멩이가 날아들었다. 몸을 수그렸지만 돌멩이는 나를 한참 지나쳐 땅바닥에 떨어졌다. 그리고 그 순간 "콰앙!" 천둥소리가 터졌다.

나는 머리를 감싸며 그 자리에 주저앉았다. 다리에 힘이 풀려 일어날 수가 없었다. 매캐하고 쓴 연기 냄새가 코를 찔렀다. 넋이 나간 내 앞에 조그만 여자아이가 폴짝거리며 다가왔다.

"감옥 반경 1킬로미터를 벗어나면 폭탄이 터져. 도망자를 막기 위해서지. 신참, 넌 내가 살려 준 거야."

그러니까 이게 폭탄이라고? 그러고 보니 울타리 대신 붉은색 레이저가 허공을 가로지르는 것이 보였다. 저기에 닿으면 폭탄이 터지는 모양이었다. 여자애는 내 손에서 감자 주머니를 뺏더니 고목나무 뒤로 달아났다. 곧이어 교도관들이 도착했고, 그들에게 잡힌 나는 일주일 동안 독방에 갇히고 말았다. 그나마 감자를 훔쳤다는 증거가 나오지 않아 그 정도였다.

마침내 독방에서 나온 날, 감자 농장에서 그 여자애를 만났다. 고맙다는 말을 하기도 전에 그 애가 말했다.

"반가워. 난 은성이야. 강은성. 소년감옥의 공식 왕따 2호가 된 걸 축하한다."

은성은 화약 냄새와 함께 다가온 내 유일한 친구였다.

바로 그 냄새였다.

그렇다면 지금 폭탄이 터진 걸까. 그렇게 생각하자 혼란스럽기만 하던 머릿속에서 두려움이 차츰 옅어졌다. 누가, 왜 우리를 공격한 걸까? 피하려면 어떻게 해야 하지? 한 번 의문을 품게 되자 꼬리에 꼬리를 물듯 자꾸 생겨났다. 답을 찾을 방법은 직접 살펴보는 수밖에 없었다.

나는 조심스럽게 땅바닥에서 몸을 일으켰다. 2미터쯤 앞에 숲 안쪽에서 날아온 온갖 파편이 흩어져 있었다. 그 사이에 초록색 생존 배낭 하나가 반쯤 불에 탄 채 뒹굴었다. 그러고 보니 숲에 먼저 들어간 세 명이 보이지 않았다. 뭘 제대로 시작도 하기 전에 희생자가 나오다니, '소년들의 날'이 악명 높은 이유가 실감 났다. 눈물조차 나오지 않았다. 내가 그다음 차례가 되지 않으려면 정신을 바짝 차려야 한다는 생각뿐이었다.

파편 가까이 다가가 살펴보니 불에 그슬린 낡은 판자

조각이 눈에 띄었다. 한때는 표지판이었을 노란 테두리의 빨간 삼각형 판자에 '지뢰' 두 글자가 박혀 있었다.

등 뒤에서 은성이 떨리는 목소리로 중얼거렸다.

"지뢰라니……. 그런 게 아직도 남아 있단 말이야?"

그제야 나는 서쪽 DMZ 근처에 갔을 때 엄마가 지뢰에 대해 말했던 것이 떠올랐다. 그때는 그냥 조심하라고 겁주는 거라고 생각했는데, 막상 눈앞에서 터진 걸 보니 심장이 거세게 뛰었다.

나는 마른침을 삼키고는 겨우 입을 열었다.

"DMZ에는 아직도 지뢰가 엄청 많이 남아 있다고 들었어. 6·25전쟁 때 100만 개도 넘게 설치했대. 그걸 아직 절반도 제거하지 못했고 말이야. 130년 전에 설치한 지뢰가 아직도 저런 폭발력을 가지고 있다니, 정말 믿기지 않네."

착 가라앉은 내 목소리에 은성뿐 아니라 다른 아이들의 얼굴도 새파랗게 변했다. 딱 한 사람, 시영만 빼고. 시영은 나뒹구는 지뢰 표지판을 발로 툭 차더니 덜덜 떨고 있는 아이들을 둘러보았다.

"지뢰가 왜 무서운 줄 알아? 감옥 주변에는 빨간 레이저선이라도 보이지, 이건 겉으로는 아무 표시도 안 나거든. 모르고 걷다가 달칵, 밟으면 그냥 끝이야. 그 자리에서 즉사하거나 최소한 발목을 날려 버리지. 게다가 마지막 폭발음은 아무래도 M16대인지뢰 같아. 밟는 순간 지뢰가 2미터가량 공중으로 튀어 올라서 폭발해. 그러면 주변에 있는 사람들까지도 파편에 맞아서 죽어. 한마디로 저 안은 온갖 지뢰가 뒤섞여 있는 지뢰밭이란 거지."

가뜩이나 겁에 질린 아이들은 시영의 말에 완전 패닉 상태에 빠지고 말았다. 넋이 나간 듯 바닥에 털썩 주저앉거나 얼굴을 가리고 울음을 터뜨리기도 했다.

나 역시 예상보다 더 심각한 상황에 다리가 후들거렸지만, 그보다는 의아함이 앞섰다. 지뢰가 터지기 직전 무언가를 기다리듯 가만히 서 있던 시영의 모습이 떠올랐기 때문이다. 더 이상한 건 일부러 공부라도 한 것처럼 지뢰에 대해 상세히 알고 있다는 것이다. 그렇게 생각하자 어떤 의문이 떠올랐고, 나는 그걸 확인하지 않을 수 없었다.

시영을 향해 몸을 돌렸다.

"설마…… 넌 여기 지뢰가 있다는 걸 미리 알고 있었던 거야? 그럼 왜 아이들을 말리지 않았어?"

"내가 왜 그래야 해? 어차피 한 사람만 우승할 수 있는데.”

　나보다 한 뼘 정도 더 큰 시영이 턱을 쳐든 채 나를 내려다보았다. 당연한 걸 왜 묻느냐는 얼굴이었다. 시영의 말이 무슨 의미인지 나머지 아이들도 알아챈 것 같았다. 모두 두려운 얼굴로 자기 앞과 옆에 서 있는 다른 아이들을 힐끔거렸다. ‘소년들의 날’에 참가한 모두가 경쟁자이자 사실상 적이었다.

　시영은 빙긋 웃으며 말을 이었다.

　“내가 알고 있는 게 과연 그것뿐일까? 무서우면 지금이라도 도망가든가.”

　그냥 기를 꺾으려고 하는 말은 아닌 것 같았다. 필시 시영은 ‘소년들의 날’이 DMZ에서 열린다는 것을 미리 알고 있었던 거다. 그렇다면 이건 전혀 공정하지 않은 게임이다. 과연 저 아이를 상대로 내가 이길 수 있을까? 두려움으로 아득해진 머릿속에 군인들에게 끌려간 엄마의 비명이 끊임없이 울렸다.

　“으아아아아!”

　그때 누군가의 절규가 머릿속 비명을 뚫고 파고들었다. 정신이 번쩍 들었다. 아까부터 내 앞에서 초조하게 손톱을 씹어 대던 남자애였다. 그 애는 더는 견딜 수 없다는 듯 자신의 머리칼을 쥐어뜯었다.

"으허헉. 이건 그냥 죽으러 가는 거야. 자살행위라고! 난, 난 못 해. 이런 거 못 해!"

그 애의 말이 아니어도 여기 있는 모두가 같은 생각일 터였다. 나는 불안한 마음을 애써 누른 채 고개를 돌렸다. 숲이 보였다. 저 안에서 세 명이 목숨을 잃었다는 것이 믿기지 않을 만큼 숲은 고요했다. 어디선가 불어온 바람에 초록 이파리가 살랑였다. 무섭고도 아름다웠다.

하지만 언제까지 바라보고 있을 수만은 없었다. 어떻게든 숲의 고요를 깨뜨리지 않고 지나갈 방법을 찾아야 했다. 그래야 머릿속에서 울리는 엄마의 비명을 그치게 할 수 있을 테니까. 그 전에 아직도 비명을 지르고 있는 저 아이부터 멈춰야 했다. 안팎으로 비명이 울려 대니 머리가 터질 것 같았다. 더 견디지 못한 나는 그 아이에게 다가가 어깨를 붙잡고 흔들었다.

"정신 차려! 분명 숲을 무사히 지날 방법이 있을 거야. 정부도 우리가 '천사의 별'을 찾길 바라지, 아무것도 못 하고 죽는 걸 바라진 않을 거라고."

"방법? 도대체 무슨 방법이 있다는 거야? 최신 무기도 통신기기도, 저 안에서는 소용없다는데 어떻게 지뢰를 피하냐고!"

"그, 그건⋯⋯."

그 애의 말이 맞다. '소년들의 날'에 나갈 스무 명이 결정된 직후, 우리는 전해 들을 수 있었다. 우리가 갈 곳에는 정체불명의 방해전파가 흘러 모든 첨단 기계를 고장 낸다고 말이다. 그렇다 보니 어떤 최신 무기나 로봇도 접근할 수 없다. 간단한 통신조차 방해전파 근처에서는 할 수 없다고도 했다. 좀 전에 드론에서 곧바로 뛰어내려야 했던 것도 같은 이유였으리라.

내가 아무 말도 하지 못하자, 그 아이는 더더욱 목소리를 높였다.

"우린 결국 실험 쥐에 불과한 거야. 우리에게 지뢰를 밟게 해서 안전한 길을 확보하려는 거라고. 우리가 죽어도 '소년들의 날'에 참가하고 싶은 애들은 얼마든지 널려 있으니까."

더는 대꾸할 말을 찾지 못한 채 나는 입술만 잘근잘근 씹었다. 그러는 동안 남자애는 겁에 질린 아이들을 둘러보며 말했다.

"그냥 돌아가자. 여기서 죽느니 감옥에서라도 살아 있는 게 낫지, 안 그래?"

그러고는 재빨리 몸을 돌려 숲과 반대 방향으로 달아나기 시작했다. 그 공포에 전염된 몇몇 아이가 따라서 뛰었다. 하지만 내게는 달아날 자유조차 없었다.

흔들리는 마음을 다잡으려 고개를 세차게 흔들었다. 그런데 그때 어디선가 반짝 빛나는 것이 보였다. 도망가는 아이들 앞으로 내리쬐는 뜨겁고 강렬한 햇빛에 무언가가 반사된 듯했다.

불현듯 드론에서 교도관이 했던 말이 번개처럼 떠올랐다. 분명 '목표물을 찾을 때까지 아무도 저 숲에서 도망칠 수 없다'고 했다. 그건 순순히 도망가게 놔두지 않겠다는 말이 아니었을까? 심장이 쿵 내려앉았다.

소년들의 날

"아, 안 돼! 돌아와!"

내 비명은 "타앙! 탕탕탕!" 허공을 가르는 총소리에 묻히고 말았다. 달리던 아이들이 하나둘 쓰러졌다. 총소리는 그쳤지만, 머릿속에서는 여전히 천둥이 내리쳤다. 모든 것을 압도하는 공포감 탓에 나는 손가락 하나 움직일 수 없었다.

도대체 어디서 누가 총을 쏜 건지 알 수 없었다. 우리가 도망갈 수 없도록 처음부터 감시하고 있었던 걸까. 어쩌면 '소년들의 날'에 선발된 그 순간부터 선택권이 없었을

지도 모른다.

'소년들의 날'은 감옥에 있는 아이들의 유일한 희망이었다. 대부분 음식이나 물을 훔친 죄로 종신형을 받은 아이들이었다. 아무리 대가뭄의 시대라고 해도 살인범과 같은 형량이라니, 정말 말도 안 되는 법이었다. 하지만 그 누구도 반대하거나 비판할 수 없었다. 인구는 넘쳐났고 물은 절대적으로 부족한 시대였다.

우리 같은 범죄자에게는 극히 소량의 물만 제공됐다. 말라 버린 강바닥을 파고 감자를 심는 노동의 대가였다. 그러다 죽어도 상관없었다. 그저 물을 쓸 경쟁자가 줄어드는 것뿐이었다.

이 지옥 같은 감옥에서 벗어날 수 있는 단 한 번의 기회가 있었다. 그게 바로 1년에 한 번 열리는 '소년들의 날'로, 올해는 여섯 번째 대회였다. 열여덟 번째 생일이 지나지 않았다면 누구에게나 자격이 주어졌다. 단, 세 번의 테스트를 거쳐 최종 선발된 스무 명만 참가할 수 있었다. 우승하면 사면은 물론 돔팰리스에서 살 수 있는 특권이 주어졌다. 모두가 자유를 꿈꿨고 희망에 들떴다. 이렇게 어이없이 죽을지도 모르고 말이다.

충격과 두려움으로 아이들 대부분이 얼어붙었다. 간혹 훌쩍이는 소리만 들릴 뿐이었다. 침묵을 깬 건 시영이었다. 시영은 무표정한 얼굴로 허리를 숙여 생존 배낭을 열었다. 좀 전까지 같이 있던 아이가 죽었는데, 자기와는 아무 상관 없다는 듯 행동했다.

역시 시영이었다. 감옥에서 시영은 여왕벌로 통했다. 나이 많고 힘센 남자애들도 모두 시영의 말 한마디에 벌벌 떨었다. 처음에는 의아했지만 곧 알 수 있었다. 시영은 자기를 위협하는 경쟁자를 수단과 방법을 가리지 않고 제거했다. 그걸 가능하게 한 건 망설임 없는 냉혹함과 빠른 두뇌 회전이었다.

시영이 감옥에 오자마자 대장 노릇을 하던 아이를 제거한 사건은 이미 전설이었다. 무슨 말로 부추겼는지는 모르지만, 이인자가 자기 대장을 배신하게 했다. 한밤중에 은밀한 장소에서 일어난 일이었는데, 기가 막힌 타이밍에 교도관이 들이닥쳤다고 한다. 이인자는 분란을 일으킨 죄로 독방에 감금됐다. 시영이 3일을 굶어서 모은 감자를 교도관에게 준 덕분이라고 했다.

시영은 사람들의 욕심과 두려움을 잘 파악했다. 그걸

파고들어 강한 아이들을 차례차례 제거했다. 시영의 악명은 순식간에 알려졌고 모두가 두려워하는 여왕벌이 될 수 있었다. 시영이 도둑질이 아니라 살인미수로 체포됐다는 소문도 나돌았다.

그런 시영에게 첫날부터 찍혔으니, 내 감옥 생활이 순탄할 리 없었다. 시영 패거리에게 계속해서 괴롭힘을 당했다. 어디를 가든 누군가는 날 넘어뜨리거나 걷어찼다. 배식받은 감자는 반쯤 썩어 있었고, 감자 농장에서는 바짝 마른 땅을 파야 했다. 감옥에서 시영에게 당했던 기억이 떠올라 몸서리쳐졌다.

하지만 지금으로선 저 숲에 대해 가장 잘 아는 사람은 인정하고 싶지 않지만 시영이었다. DMZ에 뭐가 있는지 파악하기 전에는 어떻게든 시영과 함께 움직여야 한다. 그렇게 판단한 나는 시영을 따라 메고 있던 배낭을 벗었다. 그때였다. 훌쩍거리던 한 아이가 갑자기 시영에게 달려들었다.

"너, 이것도 알고 있었지? 알면서도 가만히 있었던 거 아니야? 하나라도 더 죽으면 경쟁자가 줄어드니까. 그래서 애들보고 도망가라고 한 거지?"

그 아이는 거의 울부짖었다. 시영은 눈 한 번 깜빡이지 않았다.

"저건 나도 몰랐다고 하면 믿어 줄 거야? 아니, 지금 와서 그게 무슨 소용인데. 내 탓을 하면 죽은 사람들이 살아나기라도 해?"

"숲에 들어가기도 전에 벌써 일곱 명이나 죽었어. 조금 전까지만 해도 같이 숨 쉬고 떠들던 애들이 말이야. 네가 사람이야?"

순간 심장이 저릿했다. 꼭 나한테 하는 말 같아 배낭 열던 손을 멈출 수밖에 없었다. 하지만 시영은 주춤하는 나와 달리, 달려드는 그 아이를 세게 밀치고 노려보았다.

"그래서 뭐, 여기서 묵념이라도 해? 장례식이라도 치를까? 멍하니 여기 계속 있다가 우리도 저렇게 되지 않는다는 보장이 있어? 우리가 숲에 들어가지 않으면, 저들이 언제까지 봐줄 것 같아?"

맞는 말이었다. 지금 필요한 건 분노도 애도도 아닌, 냉정하고 이성적인 판단력이었다. 이 순간만큼은 차가운 심장을 가진 시영이 부러웠다. 시영은 허리를 숙여 다시 생존 배낭을 살펴보기 시작했다. 그제야 다른 아이들도 각자 자기 배낭을 살폈다. 아이들의 죽음은 이미 과거고 살아남아야 하는 것이 당면한 현재였다. 울부짖던 아이도 결국은 몸을 일으켜 제 배낭을 열었다.

나는 입술을 꾹 다문 채 배낭 안을 들여다보았다. 엄마를 구할 때까지는 나만 생각해야 한다. 망설이는 것조차 사치였다.

배낭 안에는 500밀리리터 생수 두 병과 말라비틀어진 감자 열 알, '천사의 별'의 예상 위치가 표시된 지도 그리고 나침반이 들어 있었다. 2081년에 종이 지도와 나침반이라니 어이가 없었지만 반군의 방해전파 때문에 어쩔 수 없었다. 배낭 밑바닥까지 손을 넣어 헤집자, 손가락 두 마디 길이의 원통형 막대가 딸려 나왔다. '천사의 별'을 찾으면 쏘아 올리라고 했던 신호탄이었다.

순간 신호탄을 건네주던 사람의 얼굴이 떠올라 숨이 가빠지고 손끝이 바르르 떨렸다.

가까스로 최종 참가자 스무 명에 선발된 직후였다. '소년들의 날'을 설계한 최고 책임자라는 사람이 우리 앞에 섰다. 나는 얼굴에서 핏기가 사라지는 것이 느껴졌다. 손이 차가워지며 호흡도 가빠졌다.

내 앞에 서 있는 사람은 엄마를 납치한 군인이었다. 주름 하나 없이 각 잡힌 군복을 입은 그는, 나를 보며 웃고 있었다. 군인은 자신을 서찬열 중령이라고 소개했다.

숨을 제대로 쉴 수 없을 정도로 놀란 나는 그 얼굴을 똑바로 쳐다보지 못했다. 그저 입술을 꽉 깨문 채 어깨쯤에 붙은 부대 마크를 노려보았다. 날카로운 이빨을 드러낸 상어 마크가 꼭 그 같았다. 서찬열 중령은 고개를 돌려 스무 명의 아이들을 둘러보았다. 몸이 얼어붙을 정도로 차가운 눈빛이었다. 은성 역시 긴장한 듯 어깨를 떨었다.

"너희 같은 범죄자에게 사면 기회를 주는 이유는 딱 하나다. 너희만 그곳에 갈 수 있기 때문이야. 기존에 투입된 군인 전부 쇼크로 기절하거나 심지어 사망했다. 그 이유가 만 18세 이상의 성인이면 누구나 심는 주민 인식 칩 때문이라는 것이 밝혀졌다. 반군의 방해전파가 인식 칩에 과부하를 일으킨 거지. 그래서 아직 주민 인식 칩을 심지 않았으면서, 어느 정도 생존과 전투 능력을 갖춘 너희가 필요한 거야."

그러자 누군가가 그렇게 무서운 반군을 한낱 십대인

우리가 어떻게 이길 수 있느냐고 물었다.

그는 피식 웃었다.

"지금 남아 있는 반군은 아주 소수다. 왜냐하면…… 대부분 8년 전에 죽었거든. 그들은 방해전파로 겨우 방어나 할 뿐이야. '천사의 별'이 없으면 아무것도 아니란 뜻이지. 게다가 이미 우리 정부군은 반군들이 방해전파를 쏘는 곳이 어디인지 알아냈어."

그러면서 '천사의 별'은 이 나라를 통째로 날려 버릴 수 있는 아주 위험한 무기라고 했다.

그는 작은 원통형 막대를 들어 보였다.

"'천사의 별'을 확보하는 것이 최선이지만, 그게 여의치 않을 경우를 위해서 준비한 거다. 어떻게든 방해전파 시스템을 파괴한 후, 이 신호탄을 쏘아 올려라. 그러면 특수부대 군인들이 곧바로 투입될 거다."

시영이 물었다.

"그런 경우에도 약속한 사면권과 돔팰리스 거주권은 주는 건가요?"

"물론이지. 국가를 위해 애쓴 단 한 명의 우승자는 그 모든 걸 가질 자격이 있다."

중령은 그 말을 하며 다시 날 뚫어지게 쳐다보았다. 소름이 끼쳤지만 나는 고개를 돌릴 수 없었다.

바로 그 신호탄이다. 언제 어디서든 수직으로 놓고 버튼을 누르면, 모든 물질을 통과해 하늘에 위치를 표시한다고 했다. 그 외에도 손바닥 길이의 작은 단도와 밧줄, 손전등이 들어 있었다. 아무리 남은 반군이 거의 없다지만 이걸로 대응할 수 있을지 확신이 들지 않았다. 그래도 그 냉혹한 군인에게서 엄마를 구하려면 어쩔 수 없었다. 한숨이 절로 나왔다. 나는 걱정을 떨쳐 버리려고 고개를 세차게 흔들었다.

다시 지도로 눈을 돌리자 한반도를 동서로 가로지르는 DMZ 안에 유독 진한 초록색으로 표시된 곳이 보였다. DMZ 전체가 숲은 아닌 모양인지, 동해안부터 중동부 산악 지대까지의 일부만 섬처럼 남아 있었다. 그게 지금 우리가 있는 곳인 듯했다. 동해안 가까이에 파란 점으로 우리의 위치가 표시돼 있었고, 고성과 화천, 양구에 걸친 중부 산악 지역에 세 개의 붉은 점이 흩어져 있었다.

"이 붉은 점이 반군 본부인 건가? 그런데 왜 세 군데나 있는 거지?"

내가 중얼거리자, 벌써 파악을 다 끝냈는지 지도를 반으로 접고 있던 은성이 날 돌아보았다.

"반군이 어디 있는지 다 알고 있는 척하더니 아니었어."

"뭐? 그게 무슨 말이야?"

"이거 그냥 방해전파가 나오는 곳을 계산한 걸 거야. 각 전파의 세기가 같은 것끼리 이어서 폐곡선을 만들어 보면 포인트 소스, 즉 전파 발생 지점을 대략 계산할 수 있거든. 그러면 전파 내보내는 곳을 알 수 있어. 거기가 본부일 테고, '천사의 별'은 거기 있을 가능성이 크지."

"난 말이야, 너처럼 똑똑한 애가 왜 감옥에 왔는지 이해가 안 돼."

감탄하는 내 말을 듣고, 은성이 싱긋 웃었다.

"난 너처럼 시시한 도둑질을 하다 온 게 아니라니까."

"예에, 아무렴요. 정부 시스템을 해킹하다 들켰다고 했지. 진짜 간도 커."

감옥의 아이들이 대부분 빈민가 출신인 것과는 다르게, 은성은 돔팰리스 출신이었다. 돔팰리스는 대가뭄 시대에 유일하게 물을 자급자족할 수 있는 곳이다. 아직 물이 남아 있는 지역에 거대한 유리돔을 씌워 물이 증발하는 것을 막은 덕분이라고 했다. 그렇게 한강과 낙동강을 따라 지어진 돔팰리스는 모두 다섯 개였다. 그 기적의 도시에는 최상층 시민계급만 살 수 있었다.

그 안에서도 시민계급에 따라 물 배급 순서가 정해져 있는데, 은성은 그 순서를 바꾸려고 시스템을 해킹했다가 잡혀 온 거라고 했다. 아마 은성은 여기 있는 누구보다 똑똑할 것이다. 역시 은성의 손을 잡고 같이 뛰어내리길 잘했다.

그런데 은성이 걱정스러운 얼굴로 고개를 갸웃했다.

"근데 반군도 만만치 않은 것 같아. 정부의 내로라하는 과학자들이 전부 모여 계산했을 텐데, 후보가 세 개나 있잖아."

"그럼 거길 다 가 봐야 한다는 거야? 배낭에 있는 식량으로는 아무리 아낀다고 해도 며칠 못 버틸 텐데."

"그러니까. 게다가 지뢰는 또 어떻게 피하냐고."

풀 죽은 목소리로 고개 돌리던 은성의 두 눈이 커졌다.

"어? 저게 뭐야?"

은성이 가리킨 건 시영의 배낭이었다. 시영은 우리 배낭에는 없는, 어떤 기계 부품들을 꺼내고 있었다. 시영의 충실한 오른팔인 한동채도 자신의 배낭에서 납작한 판이며 철사 같은 것을 꺼냈다. 한동채는 제 이름과 비슷하게 한 덩치 하는 녀석이라 그냥 덩치라고 불렸다. 덩치는 이상하게 의기양양한 표정이었다.

은성이 눈으로 빠르게 훑어보더니 숨을 헉 들이쉬었다.

"저거, 휴대용 금속탐지기인 것 같아. 왜 쟤네 배낭에만 저런 게 들어 있어?"

"교도관을 매수했나 봐. 지뢰에 대해 상세히 알고 있어서 이상하다고 생각했는데, 준비를 철저하게 했네."

덤덤하게 말하긴 했지만 목을 타고 쓴 물이 올라오는 것처럼 씁쓸했다.

"그런데 무기나 전자 제품 같은 건 못 쓴다고 하지 않았어?"

내 질문에 은성은 의아한 듯 고개를 갸웃거렸다.

"글쎄…… 첨단 무기가 아니니까 가능하려나. 저거 몇십 년도 더 전에 썼던 중고 부품인 것 같아. 요즘은 생산도 안 되는 저런 걸 어디서 구했대?"

모두의 시선이 쏠렸지만, 시영은 신경 쓰지 않고 꺼낸 부품들을 조립하기 시작했다. 초록색 회로판에 철사 같은 것을 칭칭 감고, 마지막으로 휴대용 배터리를 넣었다. 동그랗고 납작한 부분이 탐지하는 장치인 듯했고, 거기 긴 막대 같은 것이 달려 있었다. 시영은 그걸 배낭의 금속 장식에 대 보았다. 삐삐삐 하는 요란한 경고음이 들리자 만족한 듯 웃으며 몸을 일으켰다.

"잘 작동하네. 이제 출발하자."

시영은 덩치에게 금속탐지기를 건넸고, 둘은 여유 있게 숲으로 향했다. 저들이 이대로 사라지면 지뢰를 피할 방법이 없었다.

나는 다급하게 시영을 불러 세웠다.

"자, 잠깐만! 나도, 아니 우리도 같이 가면 안 될까?"

그러자 시영이 어이없다는 듯 코웃음을 쳤다.

"하! 내가 왜? 넌 아무런 노력도 하지 않았잖아. 어디서 공짜로 따라붙겠다는 거야?"

나를 깔보는 눈길에 몸이 파르르 떨렸지만 아무 말도 하지 못했다. 시영이 아무 대가도 없이 호의를 베풀 리 없었다. 거래할 만할 걸 떠올려야 했다. 시영에게는 없고, 내게는 있는 것. 하지만 숲속에 그런 게 있을 리가 없었다. 고개를 숙인 채 입술만 잘근잘근 씹는 내 옆을 시영이 비웃으며 지나쳤다.

"김시영! 그럼 이렇게 하면 어떨까?"

부드러운 저음을 지닌 소년의 목소리였다. 소리는 한쪽에 몰려 있던 북쪽 출신 아이들 사이에서 났는데 그 틈에서 류해우가 걸어 나왔다. 감옥에서 덩치 다음으로 키가 컸고, 날카로운 턱선과 부드러운 눈매가 묘하게 잘 어울려 어디서나 눈에 띄는 얼굴이었다.

해우는 걸음을 멈춘 시영의 등에 대고 외쳤다.

"함께 가는 조건으로 한 사람당 감자 한 알. 어때?"

"겨우 감자 하나로 목숨을 구해 보겠다고? 그거 너무 염치없는 조건 아니야?"

뒤돌아본 시영이 어림없다는 듯 미간을 찌푸렸다. 하지만 해우는 침착했다.

"너도 알다시피 '천사의 별'을 찾으려면 며칠이 걸릴지 알 수 없어. 그렇다면 가장 중요한 게 뭘까? 바로 식량이야. 여기 있는 아이들이 감자 하나씩만 내놓아도 열 알이 넘잖아. 너한테도 손해 보는 일은 아닐 텐데."

눈썹을 치켜세운 시영은 기대에 찬 눈빛으로 자신을 바라보는 아이들을 천천히 둘러보았다. 나는 차마 눈을 들지 못하고, 발밑만 내려다보았다. 왜 나는 저런 생각을 하지 못했을까 하는 자책이 들었다. 동시에 북쪽 아이들이 왜 류해우를 따르는지 알 것 같았다.

마침내 시영이 고개를 끄덕였다.

"좋아, 류해우. 대신 금속탐지기를 드는 건 한 명씩 돌아가면서 하는 거야. 위험도 같이 나눠야 공평하잖아."

"그야 당연하지. 고맙다."

해우는 무리 지어 있는 아이들에게 감자를 한 알씩 걷어 시영에게 건넸다. 북쪽 출신이 아닌 아이들도 각자 감자를 꺼내 덩치에게 주었다. 은성도 재빨리 감자를 건네며 내 팔꿈치를 쳤다. 나도 배낭을 열어 감자 한 알을 꺼냈다. 그걸 꽉 쥐고 시영에게 다가가 내밀었다.

시영은 피식 웃더니, 고개를 저었다.

"권이담, 넌 안 돼."

시영의 단호한 거절에 나는 눈앞이 캄캄해졌다.

첫발

"넌 나한테 빚이 있잖아. 감자 한 알로는 안 되지."

첫날 감자 주머니를 훔친 걸 두고 여태 앙심을 품고 있었던 모양이다. 아이들의 감자를 갈취한 건 자기면서 나를 도둑 취급 해서 화가 났지만, 지금은 이성적으로 생각할 때였다. 어떻게든 끝까지 살아남아서 '천사의 별'을 찾아야 한다.

나는 힘들게 침을 삼킨 후 감자 두 알을 꺼내 내밀었다.

"그때는…… 미안했어. 이게 내가 줄 수 있는 최선이야. 그러니까 나도 같이 가게 해 줘."

눈을 아래로 내리깐 시영이 나를 본체만체하며 몸을 돌렸다. 온몸의 힘이 빠져나간 듯 무릎이 꺾였다. 다른 아이들이 불쌍하게 보는 게 싫어 담담한 척하려 했지만, 꽉 쥔 주먹이 자꾸 떨렸다. 그런데 몇 발짝 걸어가던 시영이 다시 뒤를 돌아보았다.

"감자 세 알. 그리고 금속탐지기를 드는 건 네가 첫 번째야. 어때, 할 거야?"

감자 세 알이라니! 너무한다 싶었지만, 거절할 여유는 없었다. 나는 서둘러 고개를 끄덕였고, 덩치가 내게서 감자 세 알을 재빨리 낚아챘다. 순간 살았다는 안도감이 밀려들었다.

"정말 다행이야! 우리도 빨리 가자."

은성이 멍하게 서 있는 내 팔을 잡아끌었다.

"으응."

경쟁자를 한꺼번에 처리할 수 있는 절호의 기회를 놓치다니 시영답지 않았다. 뭔가 계속 찜찜했지만, 어느새 숲 바로 앞까지 접근한 시영과 아이들을 보며 나도 걸음을 서둘렀다.

숲에 들어가기 직전에야 덩치는 내게 금속탐지기를 던

지듯 떠맡겼다. 생각보다 무거워서 좀 놀랐다. 덩치는 몇 발짝 가다가 "참, 잊은 게 있네" 하며 뒤돌아섰다.

"그걸로 감지 안 되는 지뢰도 있어. 플라스틱이나 나무로 만든 지뢰도 있다고 하더라."

"뭐, 뭐라고? 그럼 그건 어떻게 피해?"

"적당히, 잘."

덩치는 자신이 알 바 아니라는 듯 비웃었다. 그제야 왜 시영이 다른 아이들을 받아 준 건지 알 것 같았다. 혹시 있을지 모르는 비금속 지뢰 때문에 방패막이가 필요했던 것이다. 자신들의 안전을 확보하면서 경쟁자도 줄일 수 있는 일석이조의 방법이다. 아니, 감자까지 얻었으니 일석삼조인 건가. 우리가 감자를 주면서 애원하지 않았어도 같이 가자고 했을 것이다.

해우도 그 사실을 깨달았는지 얼굴이 확 일그러졌다. 하지만 알았다고 해도 다른 방법이 없었을 것이다. 금속탐지기가 없다면 훨씬 더 큰 확률로 지뢰를 밟게 될 터였다.

"이제 그만 가지?"

시영이 내 어깨를 툭 치며 재촉했다. 다른 아이들도 무언의 압박을 실은 눈빛으로 날 쳐다보았다. 그새 아이들은 두 무리로 나뉘어 있었다. 해우를 중심으로 한 북쪽 출신 무리와 시영과 덩치 뒤에 바짝 붙어 눈치를 보고 있는 남쪽 출신 무리로.

은성은 어느 곳에도 속하지 못한 채 내 곁으로 왔다.

"괜찮겠어?"

"어쩔 수 없지, 뭐. 은성아, 너도 멀찌감치 따라와. 혹시라도 내가 폭탄 밟았을 때 가까이 있다가는 다치니까."

은성은 울 것 같은 표정으로 고개를 끄덕였다. 나는 입술을 앙다문 채 양손으로 금속탐지기 손잡이 부분을 들었다. 손잡이에 달린 스위치를 켜고는 조심스럽게 좌우로 흔들어 보았다. 뚜우뚜우. 느리고 단조로운 기계음이 들렸다. 아무것도 없다는 뜻이다. 나는 안도하며 한 발 전진했다.

드디어 DMZ 숲 안쪽으로 첫발을 내딛는 순간이었다. 바닥에는 풀이 무성했고, 이름 모를 이끼도 양탄자처럼 푹신하게 깔려 있었다. 사진이나 VR로만 봤던 잎이 넓은 상수리나무와 신갈나무, 굴참나무가 하늘을 반쯤 가리며 빽빽하게 나 있었다.

내가 나무 이름을 잘 알게 된 것은 영수 할아버지 덕분이었다. 열 살 때쯤이었나, 엄마는 자신도 도망자 신세면서, 곤란에 처한 사람들을 그냥 지나치지 못했다. 그날도 탈수증으로 길에 쓰러진 낯선 할아버지를 외면하지 못해 금보다 귀한 물을 나눠 주었다. 나는 그게 너무 아까워 엉엉 울며 화를 냈다.

영수 할아버지는 나를 달래다 결국은 자기가 제일 아끼는 거라며 책 한 권을 내밀었다. 물이 없는 세상에서 종이책은 더는 만들어지지 않았고, 나는 난생처음 가져 보는 책이 마냥 좋았다. 하도 읽어서 이제는 달달 외워 버린 『한국의 동식물 백과사전』이었다. 책에는 VR 체험 프로그램이 부록으로 딸려 있었다.

건강을 되찾을 때까지 할아버지는 우리와 몇 달을 같이 지냈다. 엄마는 늘 물을 구하러 밖으로 나갔고, 친구가 없어 심심해하던 나는 할아버지와 VR 체험을 함께하곤 했다. 대가뭄 시대 이전에 만들어진 VR 프로그램은 동식물에 대한 자료가 방대했다. 실제 숲을 걷는 것 같은 생생함도 놀라웠다.

이 VR의 하이라이트는 자연을 이용해 맨손으로 살아남는 생존 게임이었다. 할아버지는 식물을 이용하고, 동물을 피하는 방법 등을 신기할 정도로 상세히 알고 있었다. 매번 지기만 하는 내가 툴툴거리자, 실은 자기가 그 VR을 만든 개발자라고 털어놓았다.

이제는 아무짝에도 쓸모없어진 책과 게임을 아껴 주어 고맙다는 말을 남기고, 어느 날 영수 할아버지는 떠났다. 물 배급권을 구했다고 했지만, 거짓말이었다. 지명수배자인 엄마와 함께 다니기에 할아버지는 너무 늙었다. 우리 발목을 잡을까 봐 할아버지 스스로 떠난 것이라고 나중에 엄마가 말해 주었다.

할아버지가 떠난 뒤에도 나는 자주 책을 들여다보고 게임을 했다. 그 덕에 난생처음 숲에 와 보는데도 나무와 풀이 낯익었다.

그래도 실제로 마주한 숲은 완전 달랐다. 늘 머리에 내리쬐던 직사광선 대신 나무 그늘이 따가운 태양을 가려 주었다. 풋풋한 풀 냄새와 물을 머금은 숲의 향기가 코끝에 감돌았다. 시원하고 상쾌했다. 나는 곧 죽을지도 모른다는 두려움도 잊은 채 잠시 황홀해했다.

"야! 뭘 그렇게 넋을 놓고 있는 거야? 아니면 무서워서 발이 안 떨어지는 건가?"

나와 멀찌감치 떨어진 곳에서 덩치가 소리쳤다. 두 시간마다 교대하기로 했으므로, 앞사람이 부지런히 가 주는 것이 남은 사람들에게는 유리했다. 나는 정신을 가다듬으며 지도와 나침반을 보았다. 여기서 제일 가까운 붉은 점은 북서쪽이었다. 이제 운을 믿고 가 보는 수밖에 없다.

금속탐지기를 들고 발밑을 꼼꼼히 살피며 걷기 시작했다. 내가 밟은 자리를 일렬로 선 아이들이 그대로 밟으며 따라왔다. 언제 배신자가 되어 등을 돌릴지 모르지만, 지금은 모두 일심동체가 된 듯 앞사람의 등만 보고 걸었다.

뚜우뚜우. 단조로운 기계음 사이에, 어울리지 않게 맑은 새소리가 드문드문 섞여 들었다. 제발 이대로 아무 일 없기를 바라며 조금 더 속도를 냈다.

삐삐삐. 갑자기 요란한 경고음이 터져 나왔다. 온몸에 소름이 돋았다. 화들짝 놀란 나는 그 자리에 멈춰 섰다.

"잠깐 멈춰! 여기 지뢰가 있는 것 같아."

나는 떨리는 손으로 금속탐지기를 좌우로 흔들어 소리가 약해지는 쪽을 향해 방향을 틀었다. 겁먹은 아이들이 내가 밟은 자리를 놓치지 않기 위해 더 바짝 붙어 왔다.

그 후에도 금속탐지기는 몇 번이나 경고음을 울렸고,

그때마다 수명이 며칠씩 줄어드는 것 같았다. 그나마 다행인 것은 덩치가 경고했던 플라스틱 지뢰나 나무 지뢰는 없었다는 점이다. 하긴 그러니까 내가 여태 살아 있는 거겠지만.

어느새 내가 앞장선 지 거의 두 시간이 지나고 있었다.

"권이담! 수고했어. 이제 내 차례야."

마침내 해우가 다가왔다. 안도감에 긴장은 풀렸지만, 이내 가슴이 두근거렸다. 해우가 내 이름을 불러 주었기 때문이다. 별 의미가 담긴 것도 아닌데 공연히 떨렸다. 처음 내 이름을 불러 준 날이 떠올라서였다.

그때 해우가 부르지 않았다면 나는 아마 이 자리에 있지 못했을 것이다. 하지만 그 후에도 해우와 가까워질 수 없었다. 해우는 북쪽 출신, 나는 남쪽 출신이었으니까.

통일은 됐지만 남과 북은 쉽게 섞이지 못했다. 통일되고 몇 년 후 가뭄이 시작되자 상황은 더욱 악화됐다. 북쪽부터 휩쓴 대가뭄 때문에 북쪽 사람들은 살기 위해 남으로 내려왔다. 하지만 이미 남쪽도 물이 줄어드는 상황이라, 달가울 리 없었다. 편견은 쉽게 혐오로 번져 갔다. 북쪽 사람들은 제대로 일자리를 얻을 수 없었고, 더 쉽게 부랑아나 범죄자가 됐다. 감옥에도 북쪽 아이 수가 더 많았다. 하지만 남쪽 끝에 있는 소년감옥의 교도관들은 보란 듯이 그들을 더 가혹하게 대했다. 그러니 자기들끼리 똘똘 뭉치지 않을 수 없었을 것이다. 남쪽 아이들 역시 그들을 거지 취급 하며 싫어했다. 지뢰라는 거대한 공포 앞에서 서로에 대한 적대감을 억누르고 있지만, 혐오와 편견을 지울 수는 없었다. 지금도 아이들은 남과 북으로 나뉘어 있었다.

나는 옆에 서 있는 해우를 향해 어색하게 고개를 끄덕였다. 겨우 이 망할 금속탐지기에서 벗어날 수 있게 됐는데도 왠지 마음이 편치 않았다. 나는 해우에게 곧바로 금속탐지기를 건네는 대신, 전원 스위치를 끄고 바닥에 내려놓았다. 내내 긴장해 있느라 힘이 빠지기도 했고, 무엇보다 금속탐지기의 배터리 부분이 뜨겁게 달아올랐기 때문이다.

하지만 이번에도 시영의 충실한 오른팔인 덩치는 오래 기다리지 않았다. 그의 닦달에 해우는 금속탐지기를 들고 전원 스위치를 켰다. 그 순간 미세하게 신경을 거스르는 금속성 소리가 귓가에 들려왔다. 분명 내가 들고 있을 때는 들리지 않던 소리였다. 그게 뭔지 생각할 새도 없이 나는 해우의 손에서 금속탐지기를 낚아채 힘껏 던졌다.

콰앙! 금속탐지기는 땅에 떨어지기도 전에 공중에서 폭발했다. 간발의 차이로 사고를 피한 해우는 아연실색한 얼굴로 나를 바라보다 시선을 돌렸다. 그곳에는 산산조각 난 금속탐지기의 잔해가 불타고 있었다. 지뢰를 피할 수 있는 유일한 방법이 사라진 것이다.

"너, 이게 무슨 짓이야?"

성난 들소처럼 달려든 덩치가 내 멱살을 잡아 눌렀다. 숨이 막혔다.

"컥, 이거 놔. 내, 내가 아니었으면…… 여기서 폭발했을 거라고!"

캑캑거리며 겨우 말했지만, 덩치는 내 목을 잡은 손을 놓지 않았다. 숨소리를 거칠게 내며 연신 씩씩거렸다. 하긴 자기들의 가장 중요한 무기를 순식간에 날려 버렸으니 화를 참을 수 없었을 것이다.

"그 손, 당장 치워."

무서운 눈을 한 해우가 다가와 덩치의 손을 비틀었다. 생각보다 강한 힘에 덩치가 악, 소리를 내며 손을 거둬들였다. 겨우 풀려난 나는 화끈거리는 목을 만지며 비틀거렸다. 망연자실한 아이들 너머로 어금니를 꽉 깨문 시영이 보였다. 금방이라도 폭발할 것처럼 어깨가 부들부들 떨렸다. 곧 소리 지르거나 내 뺨을 때릴 줄 알았는데 시영은 입술을 앙다문 채 나를 바라보았다.

"그래, 권이담. 이제 어떻게 할 거야? 네가 유일한 지뢰 탐지기를 망가뜨려 버렸는데."

무서울 정도로 차분한 시영의 말에 다른 아이들이 모두 나를 쳐다보았다. 다들 원망이 가득 담긴 눈빛이었다.

"내, 내가 잘못한 게 아니라니까. 분명히 이상한 소리를 들었다고. 해우야, 넌 못 들었어?"

당황한 나는 말을 더듬으며 해우를 쳐다보았다. 혼란스러운 듯 해우의 눈동자가 흔들렸으나 아무 말도 없었다. 아무래도 그 소리는 나만 들었던 모양이다.

그때 퍼뜩 은성이 했던 이야기가 떠올랐다. 저 금속탐지기의 부품은 몇십 년 전에 만들어진 중고품일 거라고.

나는 아직 불꽃과 연기가 솟아오르는 잔해 쪽으로 걸어갔다. 그리고 그 속에서 배터리가 들어 있던 부품을 찾아냈다.

"이것 봐! 배터리 연결 부위가 다 녹아내렸어. 이게 폭발 때문이라면 산산조각 나야 하는데, 배터리와 부품이 한데 엉겨서 녹아내렸잖아. 이상하지 않아?"

내 말에 은성이 다가와 엉겨 붙은 부품들을 살폈다.

"그렇네. 이건 폭발로 녹은 게 아니야. 이미 그 전에 배터리가 과열돼서 쇼트를 일으킨 것 같아. 어느 머저리가 옛날 부품으로 방해전파를 피할 수 있다고 생각했는지는 모르겠지만, 부품 상태를 보니 두 시간을 견딘 것도 대단할 정도야."

은성은 설명하면서 덩치를 흘깃 쳐다보았다. 평소라면 머저리라는 이야기에 펄쩍 뛰었을 테지만, 덩치는 기가 죽은 채 시영만 쳐다보았다. 얼굴이 벌게진 시영도 애꿎은 입술만 물어뜯었다. 이걸 구하려고 감자를 얼마나 가져다 바쳤는지는 몰라도 제대로 속은 게 틀림없었다.

순식간에 분위기는 반전되어 아이들은 시영과 덩치를 못마땅한 얼굴로 쳐다보았다. 누군가는 감자를 돌려받아야 하는 게 아니냐고 했고, 아이들이 거기에 동의한다는 듯 소리를 높였다. 덩치는 풀이 죽은 얼굴로 고개를 떨궜다. 하지만 시영은 아이들을 쳐다보며 코웃음을 쳤다.

"설령 권이담 쟤 말이 사실이라고 쳐도 그게 뭐? 지금 와서 감자를 돌려달라고? 이만큼이라도 전진할 수 있었던 건 내 탐지기 덕분이었잖아. 내가 아니었다면 숲에 들어오지도 못한 채 총에 맞았을지 모르는데, 아직 살아 있는 게 내 덕분이라는 생각은 안 들어?"

누구도 그 말에 토를 달지 못했다. 시영이 아무리 미워도 사실이었으니까.

"그보다 이제 어떻게 할 거야? 잘나신 권이담. 네 생각은 뭐야?"

느닷없이 화살이 내게 돌아오자 당황스러웠다. 나라고 무슨 방법이 갑자기 생각날 리는 없었다. 내가 무거운 한숨을 내쉬며 머리를 내젓자, 시영은 그럴 줄 알았다는 얼굴로 이번에는 해우를 쳐다보았다.

"그럼 류해우, 넌 무슨 방법이 있어? 아니, 누구라도 얘기해 봐. 이제 어떻게 저 지뢰밭을 빠져나갈 건지."

해우는 물론 누구도 입을 열지 않았다. 하지만 시영은 그저 갈색 눈동자를 빛내며 가만히 있었다. 대체 뭘 기다리는 건지 그 눈빛에 이상하게 몸이 떨렸다. 감옥에 있을 때도 저 눈과 몇 번이나 마주쳤다. 갈색 눈동자에 서리던 묘한 서늘함. 그 뒤에는 늘 누군가 다치거나 뭔가를 빼앗겼고, 시영은 원하는 걸 손에 넣었다. 감옥보다도 더 끔찍한 이곳, DMZ의 지뢰를 피하기 위해 시영이 떠올린 계획은 무엇일까.

침묵이 길어졌다. 이름 모를 새소리가 숲 안쪽에서 들려왔다. 나는 고개를 돌려 깊이를 알 수 없는 숲을 바라보았다. 이제 한발 내디뎠을 뿐, 가야 할 길이 너무나 멀었다. 엄마를 구하기 위해서라면 그 누구와도 손을 잡아야 했다. 그렇게 결심한 나는 시영을 정면으로 보았다.

"그러는 넌? 무슨 방법이 있어?"

"물론이지."

자신감 넘치는 시영의 대답에 어둡던 아이들의 얼굴이 순간 밝아졌다. 나조차도 희망을 떠올릴 정도였다. 아이들은 시영 주변으로 몰려들었고, 귀를 쫑긋 세웠다.

제비뽑기

시영은 주변을 두리번거리다 배낭에서 작은 칼을 꺼냈다. 그러고는 길게 자란 풀을 한 움큼 잡고 밑동을 잘라 냈다. 풀의 비명인 듯 짙은 풀 냄새가 코를 찔렀다. 대체 뭘 하려는 건지 짐작도 되지 않았으므로 그냥 지켜보는 수밖에 없었다. 시영은 자른 풀을 세어 열세 개를 골랐다.

"봐. 여기 길이가 같은 열세 개의 풀이 있어. 이 중 하나만 길이를 짧게 자를 거야. 풀을 잘 섞어서 끝이 보이지 않게 천으로 덮으면, 다 똑같아 보이지?"

온몸에 소름이 돋았다. 시영의 계획이라는 게 뭔지 비

로소 깨달았기 때문이다.

"그, 그게 뭐야? 설마 제비뽑기로 누가 앞장설지 정하자고?"

내가 놀라서 외치자 그제야 아이들은 경악하며 뒤로 우르르 물러났다. 시영은 고개를 삐딱하게 기울인 채 아이들을 둘러보았다.

"그럼 다른 방법을 말해 보든가. 아무것도 안 하고 여기서 버티면 누가 구해 주러 올까? 아니면 아예 숲에서 살거야? 나아가야 한다면 부딪치는 수밖에 없어. 혼자라면 지뢰를 밟을 가능성이 100퍼센트지만 제비뽑기를 하면 13분의 1로 줄어들지. 그만큼 살아남을 가능성도 높아진다는 뜻이야. 나도 공평하게 제비를 뽑을 거고, 누구든 원치 않으면 참여하지 않아도 돼."

처음에는 말도 안 된다고 분개하던 아이들이 시영의 말에 점차 설득당하고 있었다. 시영 자신도 제비를 뽑겠다고 말했을 때, 아이들은 고개를 끄덕이기까지 했다. 나 또한 혼자서 지뢰를 밟을 100퍼센트의 확률보다 제비뽑기로 줄어든 7퍼센트의 확률을 선택할 수밖에 없었다.

결국 열세 명 모두 떨리는 손으로 풀을 하나씩 뽑았다.

살았다는 기쁨의 환호, 안도의 한숨이 뒤섞인 가운데 누군가 비명을 질렀다. 내가 뽑은 풀을 확인하기 전이었지만 알 수 있었다. 지금은 살아남았다는 것을.

짧은 풀을 뽑은 건 열일곱 살의 북쪽 출신 소년이었다. 그는 발버둥 치며 울부짖었지만, 다들 외면했다. 시영의 오른팔인 덩치가 나서서 그 애를 억지로 맨 앞에 세웠다. 하지만 좀처럼 움직이지 못했고, 처음에는 미안해하던 아이들이 화를 내며 욕을 했다. 고개를 푹 숙이고 있던 해우가 그 애에게 다가가 귓가에 뭐라 말했고, 그제야 소년이 움직이기 시작했다.

비틀거리며 앞장선 그 아이의 뒤를 나머지 아이들이 멀찌감치 따라 걸었다. 그렇게 삼십 분쯤 지나고 북쪽 소년은 문득 걸음을 멈춰 뒤를 돌아보았다. 그러고는 끝이었다.

콰앙! 지뢰 터지는 소리에 다들 주저앉아 귀를 막았다. 그 애의 죽음을 슬퍼할 겨를은 없었다. 두 번째 제비뽑기가 시작됐고, 나는 또다시 살아남았다. 그렇게 두 시간 동안 두 명의 아이가 더 지뢰를 밟았고, 우리는 5킬로미터 정도를 나아갔다.

이제 남은 건 열 명뿐이었다. 내가 뽑힐 확률 역시 10퍼센트로 올라갔다. 그만큼 네 번째 풀을 뽑는 손은 더 긴장됐다. 나는 차마 눈을 뜨지 못한 채 풀을 꽉 쥐었다. 어쩌면 누군가의 비명이 들리길 기다리고 있는 건지도 몰랐다. 하지만 어떤 소리도 들려오지 않는다는 걸 깨닫자, 심장이 철렁 내려앉았다. 나는 눈을 떴고 손을 펼쳤다. 짧은 풀이었다.

은성이 비명을 지르며 뭐라 소리쳤지만, 내 귀에는 들리지 않았다. 그저 머릿속이 아득해졌고, 먹은 것도 없는 빈속이 울렁거렸다. 갑자기 시간이 느리게 흐르는 듯 모든 것이 슬로비디오처럼 보였다. 울고 있는 은성과 외면하는 해우가 보였고 차갑게 웃는 시영의 얼굴도 시야에 들어왔다.

문득 끌려가던 엄마의 모습이 떠올라 눈물이 솟았다. 엄마를 구하기 전에 내가 먼저 죽게 될 거라고는 생각도 못 했다. 나도 참 어리석다. 눈앞에서 벌써 열 명의 아이가 죽었는데, 내가 뭐라고 끝까지 살아남을 줄 알았던 걸까. 제비뽑기에 찬성한 순간부터, 이런 비참한 결과를 예상해야 했을지도 모른다.

나는 눈물을 꾹 참으며 숨을 들이쉬었다. 더는 마실 수 없을 때가 돼서야 후우, 내뱉었다. 그렇게 몇 번 심호흡을 하고 나니 눈앞에 팔랑이며 떨어지는 나뭇잎이 보였다. 내게만 느리게 흐르던 시간이 다시 정상으로 돌아온 모양이다.

덜덜 떨면서도 맨 앞으로 나섰다. 무서웠지만, 등 떠밀리기는 싫었다. 깊은 숨을 들이쉬고는 막 한 발을 내디뎠다. 그때 "잠깐만!" 하고 외치는 목소리가 날아들었다.

"난 기운이 없어서 더는 못 가겠어. 우리 하루 종일 아무것도 못 먹었잖아. 여기서 이 말라빠진 감자라도 좀 먹고 가자."

해우였다. 해우는 대답을 기다리지도 않고 털썩 그 자리에 주저앉았다. 그러자 북쪽 아이 몇이 그 옆에 자리를 잡았다. 나머지 아이들은 이러지도 저러지도 못한 채 시영의 눈치를 살폈다. 시영은 해우를 한참이나 노려보더니, 별수 없다는 듯 배낭을 내려놓고 바닥에 앉았다. 그걸 신호로 다들 흩어져 한숨을 돌렸다. 드론에서 뛰어내린 후 처음으로 갖는 휴식이었다.

온몸의 기운이 쭉 빠졌다. 나는 잔뜩 긴장했던 어깨를

늘어뜨리며 나무에 기대앉았다. 은성이 눈물 젖은 얼굴로 내게 달려왔다.

"이담아, 어떻게 해? 우리 끝까지 같이 가기로 했잖아. 너 없이는 나도 못 해. 그러지 말고 우리 지금이라도 도망가자, 응?"

나는 씁쓸하게 웃으며 고개를 저었다.

"사방이 지뢰인데 어디로 도망가? 게다가 다른 애들이 우릴 달아나게 두지 않을 거야."

"그럼 어떡해? 그냥 이대로 죽을 거야?"

"아니, 난 끝까지 죽지 않기 위해 노력할 거야. 그러니까 너도 최선을 다해 살아남아."

손을 들어 은성의 눈물을 닦아 주자, 은성은 입술을 꼭 깨물며 고개를 끄덕였다. 배고픔 따위 느낄 겨를이 없었지만 나는 감자를 꺼내 한 입 베어 물었다. 내가 먹어야 은성도 먹을 것이다. 자꾸 목이 멨지만 감자 때문인지 무서워서인지 알 수 없었다.

물병을 찾는데 문득 시선이 느껴졌다. 고개를 들어 보니 해우가 나를 쳐다보고 있었다. 짧은 순간 눈이 마주쳤고, 해우는 어색하게 시선을 돌렸다. 그러고 보니 잠시라도 이런 시간을 가질 수 있었던 건 해우 덕분이었다. 대체 해우는 왜 다른 아이들을 도와주는 걸까? 어차피 다 경쟁자에 불과한데. 물론 그 오지랖 덕분에 내가 여태 살아 있는 거지만.

그때 갑자기 은성이 "꺄아아악!" 소리치며 펄쩍 뛰어올랐다. 덩달아 놀란 내가 돌아보자, 은성이 내 배낭을 가리켰다.

"저, 저기. 배낭 안에 뭐가 들어갔어. 엄청나게 크고 털이 있는……."

은성은 더는 말을 잇지 못했다. 내 배낭에서 감자를 물고 나온 녀석이 고개를 내밀었기 때문이다. 뾰족한 귀와 새까맣고 작은 눈동자. 긴 주둥이에 양쪽으로 달린 수염이 흔들렸다. 그건 회갈색 털을 가진 거대한 쥐였다.

"허억! 쥐, 쥐다!"

나 역시 크게 놀랐지만, 쥐가 징그럽거나 무서워서가 아니었다. 대가뭄 시대에 살아 있는 동물을 본 것이 처음이었고, 그 동물이 하필 내 소중한 식량을 훔쳤기 때문이다. 그것도 두 개씩이나!

"저거 잡아!"

나는 쥐를 가리키며 소리쳤다. 녀석은 입에 감자를 하나 물고, 앞발로 하나를 든 채 배낭에서 뛰쳐나왔다. 여기 저기서 비명이 터져 나왔고, 쥐는 그런 아이들의 다리 사이로 요리조리 피해 다녔다. 나는 녀석의 뒤를 쫓아 달렸고, 몇 번이나 간발의 차이로 놓치며 때아닌 술래잡기를 해야 했다.

그런데 약이라도 올리듯 사방팔방으로 도망가던 쥐가 돌연 멈칫했다. 그러더니 커다란 굴참나무 아래에서 코를 킁킁거렸다. 잡초가 무성한 데다가 크고 작은 돌이 널려 있어 바닥이 잘 보이지 않는 곳이었다. 저기 뭐가 있기에 멈춘 거지? 한참이나 냄새를 맡던 쥐는 찍찍찍 우는 소리를 냈다.

"잡았다!"

그 틈을 놓치지 않고, 해우가 녀석의 몸통을 두 손으로 꽉 쥐었다. 그러고는 발버둥 치는 쥐를 내게 번쩍 들어 보였다. 녀석은 거의 작은 고양이만큼이나 컸고, 볼이 빵빵했다. 꼭 주머니처럼 생긴 양쪽 볼에 감자를 숨기고 있었다. 그런데 불현듯 내 머릿속을 스치는 이름이 있었다. 저렇게 덩치가 크고 뺨에 주머니가 있는, 그래서 큰주머니쥐라고 불리는 동물이었다. 바로 영수 할아버지 책에서 본 녀석이었다. 그 사진 밑에 쓰인 설명이 떠오르는 순간, 벼락을 맞은 듯 온몸이 떨렸다. 나는 해우를 향해 손을 흔들며 미친 듯이 소리쳤다.

"안 돼! 그 자리에서 꼼짝하지 마!"

어리둥절한 얼굴로 해우가 그 자리에 우뚝 섰다. 다른 아이들도 영문을 모르겠다는 듯 나를 쳐다보았다. 나는 후들거리는 다리로 천천히 해우에게 다가갔다. 주변을 둘러보다 길게 늘어진 나뭇가지를 하나 꺾었다. 그걸로 조심스럽게 해우의 발 부근을 헤쳤다. 조금 전까지 쥐가 킁킁 냄새를 맡던 곳이었다. 웃자란 풀을 나뭇가지로 헤집자 바닥에서 조금 솟아오른 작은 금속이 보였다. 잔뜩 녹슬고 크기도 작았지만, 그건 분명 지뢰였다.

"지뢰야. 한 발만 더 움직였으면 큰일 날 뻔했어."

해우는 다리에 힘이 풀렸는지 두어 걸음 물러나더니 털썩 주저앉았다.

"어, 어떻게 안 거야?"

"내가 아니라, 그 쥐가 찾아낸 것 같아."

백과사전 말미에 외래종 동식물에 대한 부록이 붙어

있었다. 분명 거기서 이 녀석을 보았다. 아마 이름이…….

"그 쥐, 아마도 아프리카 큰주머니쥐일 거야."

"뭐? 아프리카라고? 아프리카 쥐가 왜 여기 있는 건데?"

"통일 정부가 지뢰를 찾기 위해 탄자니아에서 수입한 거라고 들었어. 후각이 뛰어나서 화약 냄새를 기가 막히게 잘 맡는대. 게다가 몸무게가 가벼워서 지뢰를 밟더라도 터지지 않는 거지."

설명을 들은 해우는 자기가 잡고 있는 쥐를 내려다보았다.

"그렇게 귀한 쥐가 왜 여기 있는 거야? 아무리 봐도 야생에서 살고 있는 것 같은데."

"버려진 거 아닐까. 지뢰를 찾으려고 녀석들을 키웠지만 대가뭄 시대가 되면서 비용이 부담스러워졌겠지. 사람도 물이 부족한데 쥐한테 줄 물이 있었겠어? 다른 반려동물이 사라진 이유와 마찬가지일 거야. 사실상 방치된 쥐 중 살아남은 녀석들이 여기에 적응한 거겠지."

어느새 아이들은 주변에 몰려 내 설명을 듣고 있었다. 그중 한 아이가 소리쳤다.

"그게 정말이라면, 쥐가 우리 말을 잘 듣도록 훈련시킬 수도 있을까?"

이름이 세진이라고 했던가. 키는 작았지만, 날래 보이는 인상이었다. 남쪽 출신이었고, 시영을 여왕벌로 모시던 수많은 아이 중 하나였다. 그런데도 급하긴 급한 모양이었다. 하긴 이대로 계속 제비를 뽑다 보면 언젠가는 제 차례가 올지도 모른다. 다른 방법을 필사적으로 찾고 싶었을 것이다.

세진의 질문에 아이들이 일제히 내 입만 쳐다보았다. 온통 캄캄한 절망 속에서 한줄기 빛을 본 것 같은 눈빛이었다. 순간 망설였다. 해 본 적 없는 일이고, 성공한다는 보장도 없었다. 괜한 기대도 원망도 받고 싶지 않았다. 하지만 어차피 잠시 후면 다시 맨손으로 지뢰밭을 걸어가야 했다. 그러니 다른 이가 아닌 내 목숨을 위해서라도 이 기회를 놓쳐서는 안 된다. 나는 쥐를 내려다보며 말했다.

"어떻게 해서든 그렇게 만들어야지. 이 녀석 이미 화약 냄새도, 그게 위험하다는 것도 알고 있는 것 같아. 어쩌면 다른 큰 동물이 지뢰를 밟고 죽는 걸 봤을지도 몰라. 어쨌든 지뢰가 있는 위치를 우리에게 알려 준다면 녀석에게 보상이 생긴다는 걸 이해시켜야 해.”

“보상이라면, 어떤?”

“아무래도 감자를 좋아하는 것 같으니까, 그걸 이용할 거야.”

그러고는 나는 시영에게 다가가 손을 내밀었다. 뭐 어쩌자는 거냐는 표정으로 시영이 턱을 쳐들었다.

“지뢰탐지기를 함께 쓰는 대가로 아이들에게 받은 감자 말이야. 큰주머니쥐를 훈련시키는 데 필요하니까 좀 나눠 줘. 보다시피 녀석이 내 감자를 이미 두 알이나 훔쳐 갔어.”

당당히 요구하는 내 태도에 어이없다는 듯 비웃던 시영은 자기를 쳐다보는 아이들의 시선에서 무언의 압박을 느꼈는지 입을 다물었다. 이제 모두를 공포에 떨게 했던 제비뽑기를 더는 하지 않아도 된다. 아이들의 눈은 그렇게 말하고 있는 듯했다. 시영은 하는 수 없이 감자 두 알을 꺼내 내게 건넸다.

나는 배낭에서 밧줄을 꺼내 큰주머니쥐 목에 목줄을 만들어 씌웠다. 누군가의 도움이 필요했지만 쥐가 너무 징그럽다며 은성은 곁에 오려고 하지 않았다. 어쩔 수 없이 해우가 쥐를 잡고 있어야 했다. 나는 해우와 함께 훈련을 시작했다.

도망가려고 할 때는 강하게 목줄을 죄었고, 얌전히 돌아오면 감자를 떼 주었다. 불과 삼십 분 만에 녀석은 완벽히 알아들었다. 더는 도망가려 하지 않았다. 이번에는 쥐를 데리고 지뢰가 묻힌 장소로 갔다.

"지금까지 정말 잘했어. 이젠 화약 냄새를 맡으면 그 자리에 멈추고, 울어서 알려 줘. 쉽지?"

나는 책에서 읽은 훈련 방법을 떠올리며 반복하고 또 반복했다. 감자 두 알이 금방 떨어졌고, 시영은 인상을 구기며 한 알을 더 내놓았다. 그것까지 먹어 치우고서야 마침내 녀석은 정확히 지뢰 앞에서 날 돌아보며 찍찍찍 울었다. 그러는 동안 벌써 두 시간이나 지나 있었다.

"이젠 더 기다려 줄 수 없어. 조금이라도 더 움직여야 해. 곧 저녁이 될 텐데, 야영할 만한 장소도 찾아야 하고 말이야."

시영이 냉랭한 목소리로 나를 내려다보며 말했다. 다른 아이들도 기다리느라 지친 모습이었다. 주머니쥐가 준비되지 않았더라도 이제는 출발해야 했다.

나는 안고 있던 쥐를 바닥에 내려놓고, 목줄을 느슨하게 잡았다. 쥐는 땅바닥에 코를 박은 채 움직이기 시작했다. 나는 맨 앞에서 목줄을 잡고 걸어갔고, 다른 아이들은 멀찌감치 따라왔다.

이제 내 목숨은 이 아프리카 큰주머니쥐에게 온전히 달려 있었다. 녀석은 화약 냄새를 탐지하기 때문에 플라스틱이나 나무 지뢰까지도 찾아낼 수 있었다. 다른 아이들은 여전히 반신반의하는 모양이지만, 나는 왠지 녀석이 미더웠다.

숲은 점점 험해졌다. 산등성이로 이어지는지 계속 오르막이 나왔다. 무릎까지 자란 풀과 야생화와 이름 모를 이끼가 바닥을 뒤덮었고, 울퉁불퉁한 돌멩이에 발이 걸리기 일쑤였다.

한 시간 남짓 갔을까? 헉헉거리는 나와 달리 주머니쥐는 가볍게 돌멩이 위를 타고 넘었다. 그러다 갑자기 멈추었다. 쥐는 돌멩이 사이 어디쯤에서 킁킁거리더니, 나를 돌아보았다.

"찌찌직. 찍찍."

지뢰가 있다는 이야기였다. 나는 들고 있던 긴 나뭇가

지로 풀을 헤쳐 보았다. 자세히 보지 않으면 눈치챌 수 없을 만큼 작은 금속 기둥이 풀 사이에 반쯤 파묻혀 있었다. 온몸에 소름이 끼쳤다.

나는 정신을 가다듬고 뒤를 돌아보며 외쳤다.

"여기! 지뢰가 있어. 정신 바짝 차리고 내 뒤만 따라와."

긴장한 아이들은 몸을 떨며 내가 밟은 자리를 놓치지 않으려 애썼다. 정말 이 녀석이 아니었다면 나는 이미 지뢰를 밟고 죽었을 것이다. 내가 '소년들의 낮'을 계속할 수 있도록 해 준 녀석이 고마웠다. 나는 주머니쥐에게 감자를 떼 주었다. 녀석은 그런 내 애정과 믿음을 알기라도 하듯 찌익찌익 길게 울었다. 쥐는 그 후에도 몇 번이나 나와 아이들을 구해 주었고, 덕분에 우리는 지뢰의 공포에서 무사히 벗어날 수 있었다.

그리고 마침내 밤이 찾아왔다.

습격

"이담아, 이담아! 일어나. 이제 네 차례야"

은성이 날 흔들어 깨웠다.

"으으음……. 그, 그래."

눈이 잘 떠지지 않았다. 한참을 뒤척이다 겨우 잠든 터라 몸이 물먹은 솜처럼 무거웠다.

해가 질 무렵, 비교적 평지를 골라 야영지로 삼고 보초설 순번을 정했다. 무슨 일이 일어날지 모르는 숲속이니 누군가는 눈을 뜨고 있어야 했다. 시영을 비롯해 다른 아이들도 당분간은 함께 있는 것이 생존에 도움이 될 거라

판단한 듯했다. 나는 다행히 마지막 순번이라 충분히 잘 수 있었다. 하지만 첫날에 죽은 열 명의 아이들이 자꾸만 떠올랐다. 군인들에게 끌려간 엄마의 모습도 보였다. 설핏 잠이 들었다가도 가위에 눌리며 자꾸 깨서, 온몸이 찌뿌둥했다.

가까스로 몸을 일으킨 나는 눈을 비비며 거의 꺼져 가는 모닥불 앞으로 다가갔다. 생존 배낭에 손전등이 있지만, 배터리를 아끼기 위해 피워 놓은 불이었다. 나는 모아놓은 나뭇가지를 불 속에 던져 넣고 그 앞에 앉았다.

그새 내린 이슬 때문에 바닥이 축축했다. 깜깜한 어둠 속에서는 풀벌레 소리가 들려왔다. 숲, 이슬, 풀벌레, 이름 모를 새⋯⋯. 말라비틀어진 대가뭄 시대에 이 모든 것이 처음이었다. 그래서 신기하고, 낯설어서 무섭기도 했다.

"좀 잤어?"

누군가 내 옆에 앉으며 물었다. 화들짝 놀란 나는 고개를 돌렸고, 해우의 얼굴을 발견하고는 더 놀랐다. 함께 보초를 서게 된 짝이 해우라는 사실을 깜빡한 것이다.

"으응, 넌?"

"거의 못 잤지. 성진이가⋯⋯ 자꾸 생각나서."

해우의 목이 잔뜩 잠겨 있었다. 성진이라면, 제비뽑기 때 제일 처음 앞에 섰던 아이였던가? 문득 공포로 굳어 버린 그 애를 해우가 말 한마디로 움직였던 것이 생각났다.

"그때, 너 뭐라고 한 거야?"

"뭘?"

"네가 성진이 귀에 대고 뭐라고 말하니까 그 애가 움직였잖아. 제비뽑기에 걸렸을 때부터 줄곧 궁금했어. 도대체 어떤 말로 두려움을 떨치게 한 건지."

해우는 말없이 고개를 젖혀 위를 쳐다보았다. 새까만 밤하늘에 수많은 별이 쏟아질 듯 빛났다. 거기서 뭘 찾고 있는 걸까? 한참을 그러고 있던 해우는 나직이 한숨을 쉬었다.

"내가 대신 해 주겠다고 했어."

"뭘 대신 해?"

"성진이한테는 할머니가 유일한 가족이야. 그런데 오래전부터 치매를 앓고 계신대."

해우의 목소리가 착 가라앉았다.

"할머니는 손자가 감옥에 간지도 모르고 매일 애타게 찾으신다는 거야. 그래서 성진이는 꼭 '소년들의 날'에서 우승하고 싶어 했어. 할머니를 모시고 돔팰리스에 있는 병원에 가야 한다고. 그래서 내가 반드시 '천사의 별'을 찾아서 성진이 너 대신 할머니를 모셔 갈 테니까 걱정하지 말라고……. 내가 해 줄 수 있는 건, 그것뿐이니까."

말을 마친 해우는 붉어진 눈가를 손등으로 비볐다. 나는 감옥에 있는 동안 다른 아이들에게 관심을 가져 본 적이 없다. 내 목표는 오로지 엄마를 구하는 것뿐이었으니까. 그런데 해우는 나와는 참 다른 사람 같았다. 삭막하기만 한 감옥에서 그런 따뜻함은 어떻게 나오는 건지 궁금했다. 왠지 해우의 친구들이 부럽다는 생각이 들었다. 그래서였나, 나도 모르게 엉뚱한 말이 튀어나왔다.

"나도, 나한테도…… 해 줄 수 있어?"

"응? 뭘 말이야?"

"내가 중간에 죽으면 말이야, 네가 나 대신 해 줄 수 있어?"

뜻밖의 말에 놀란 듯 해우는 내 얼굴을 쳐다보았다.

"아니야. 내가 괜한 소리를 했어. 넌 날 잘 알지도 못하는데."

허둥대는 나를 보며 해우가 부드럽게 웃었다.

"네가 '천사의 별'을 찾으면 뭘 하려는 건지 들어나 보자. 그래야 대신 할 수 있을지 없을지 대답하지."

눈을 반달처럼 휘며 웃는 해우에게 나는 모든 걸 털어놓을 뻔했다. 군인들에게 끌려간 엄마의 이야기를, 내게 엄마가 얼마나 소중한 사람인지를.

내게는 엄마뿐이었다. 일곱 살 때 사라진 아빠에 대한 기억은 흐릿했다. 빈민가에서 엄마는 혼자 나를 키웠고, 무엇 때문인지 늘 쫓기는 사람처럼 불안해했다. 가난했으므로 늘 목이 말랐다. 두려움과 갈증이 그림자처럼 따라붙었다.

그러다 1년 후 오염된 물을 마신 나는 전염병에 걸리고 말았다. 깨끗한 물과 약이 필요했지만, 빈민가에서는 구할 길이 없었다. 열이 펄펄 끓는 나를 두고 엄마는 한밤중에 외출했다. 토할 것 같았고, 어지러웠다. 피부에 온통 붉은 열꽃이 피었다. 몸에 열이 올라 견딜 수가 없었다. 엄마를 찾다 몇 번이나 까무러쳤다.

그러다 문득 편안하고 시원한 느낌에 눈을 떴다. 엄마였다. 돌아온 엄마의 손에는 깨끗한 물과 약이 들려 있었다. 그리고 그 옆에는 난생처음 보는 괴상한 물건이 놓여 있었다. 엄마는 그게 깊은 땅속에서 물을 퍼 올릴 수 있는 펌프라고 했다. 목숨을 걸고 돔팰리스에 몰래 들어가 부품을 구했고, 그것으로 직접 만든 것이라고 했다. 엄마에게 그런 능력이 있다는 것도 놀라웠지만, 자세히 물어볼 겨를이 없었다. 긴급 지명수배자를 찾는다는 속보에 엄마 얼굴이 떡하니 나왔기 때문이다.

그길로 우리는 도망자 신세가 되었다. 조금이라도 물이 남아 있는 곳을 찾으면 펌프로 물을 훔쳤다. 그렇게 떠돌아다니면서도 엄마는 훔친 물을 어려운 사람들에게 곧잘 나눠 주었다. 영수 할아버지처럼 말이다. 어느 순간부터는 그냥 그렇게 사는 것에 익숙해졌고, 때로는 국가의 물 배급제에 목을 매지 않아도 되는 것이 신나기도 했다.

하지만 작년부터 전혀 비가 오지 않았고, 정부의 인공강우 실험도 실패했다. 대가뭄은 극심해졌고, 엄마의 펌프로도 물을 찾을 수가 없었다. 어느 날 엄마는 결심한 듯 말했다. DMZ로 가자고. 아무리 목이 말라도 그때 말렸어야 했다. 그랬다면 엄마가 군인들에게 끌려가지도, 내가 DMZ에서 죽을 위기를 겪지도 않았을 것이다.

긴 한숨이 나왔다. 이런 이야기를 해우에게 할 수는 없었다. 무엇보다 서찬열 중령이 DMZ 철조망 앞에서 자신을 만났고, 엄마를 인질로 잡고 있다는 걸 누구도 알아서는 안 된다고 했다. 엄마의 안전을 위해서라도 나는 비밀을 지켜야 했다.

"아니야. 그냥 못 들은 걸로 해 줘."

내가 고개를 젓자, 실망한 듯 해우의 반달눈이 천천히 펴졌다.

"그래. 네 말대로 우린 이런 이야기를 나눌 만큼 친하지는 않은 것 같다."

그러면서 주변을 둘러보겠다며 일어났다. 나도 괜히 모닥불에 나뭇가지를 더 집어넣었다. 어색한 침묵 속에서 해우가 몇 발짝 걸어갔을 때였다.

"으, 으악!"

어둠을 가르고 끔찍한 비명이 들려왔다. 놀란 해우가 돌아보았고, 나는 벌떡 일어났다. 자고 있던 아이들도 깨서는 겁에 질린 얼굴로 두리번거렸다.

곧 누군가 사라졌다고 외치는 소리가 들렸고, 해우의 얼굴이 새파래졌다. 북쪽 아이 중 한 명에게 문제가 생긴 것 같았다. 볼일을 보고 오겠다고 나간 아이가 돌아오지 않았다는 것이다. 해우는 허겁지겁 배낭을 뒤져 손전등을 꺼내 들고는 혼자 달려 나가려 했다.

나는 반사적으로 해우의 팔을 잡았다.

"혼자서는 위험해. 어떤 상황인지 조금 더 알아보자."

"이거 놔! 망설이는 사이에 무슨 일이 일어날지……."

내 손을 뿌리치며 해우가 소리쳤다. 하지만 그 말이 채 끝나기도 전에 또다시 비명과 함께 풀숲이 마구 흔들리는 소리가 났다.

그리고 다음 순간 누군가가 거의 구르다시피 뛰쳐나왔다. 모닥불에 비친 그 애의 모습은 처참했다. 붉게 충혈된 채 부릅뜬 눈은 금방이라도 튀어나올 것 같았고, 입술과 턱이 덜덜 떨리고 있었다. 그는 숨을 몰아쉬며 무슨 말을 하려는 듯 입을 벌렸다. 그러나 우리는 끝내 그 말을 들을 수 없었다.

어두운 숲속에서 튀어나온 크고 육중한 무엇인가가 그 애를 덮쳤기 때문이다. 입에서는 말 대신 시뻘건 피가 울컥 뿜어져 나왔다. 그 애의 목덜미를 물어뜯은 건, 표범이었다. 어른 키만 한 몸에, 황색 털 위로 검은 점무늬가 뚜렷하게 보였다. 표범은 날카로운 이빨 사이로 붉은 피를 뚝뚝 흘리며 노란 눈으로 우리를 노려보았다.

순간 머릿속이 새하얘졌다. 세상에, 이건 정말 말도 안된다. 저런 맹수는 이미 멸종된 것이 아니었던가. 코끝에서 진동하는 피비린내가 아니라면 마치 영화를 보고 있는 것처럼 현실감조차 없었다.

아이들은 비명을 지르며 어쩔 줄 몰라 했다. 멀리 달아나고 싶어도 사방이 지뢰였다. 표범은 잔뜩 흥분한 채 으르렁거렸다. 저러다 날뛰기라도 하면 내가 공격당할 수도 있었다. 우선은 표범을 진정시켜야 했다. 나는 정신을 가다듬으며 낮은 목소리로 가만히 말했다.

"다들 움직이지 마. 도망가지도 말고."

분명 할아버지와 한 VR 체험에서 비슷한 상황과 맞닥뜨린 적이 있다. 그때 할아버지가 내게 해 주었던 말을 떠올렸다.

'절대 등을 보이면 안 돼. 저런 맹수에게 등을 보이면 공격의 대상이 된다고.'

아이들은 벌벌 떨면서도 그 자리에 멈추었다. 나는 표범의 눈을 바라보면서 아주 천천히 뒤로 물러났다. 표범은 고개를 홱 돌려 날 노려보았다. 금방이라도 덤벼들 것처럼 자세를 잔뜩 낮춘 채였다.

하지만 나는 눈을 돌리지 않았다. 눈을 피하면 우습게 여길 것이다. 녀석은 이미 사냥을 끝냈고, 누군가 그 사냥물을 빼앗지 않는 이상 그냥 돌아갈 것이 틀림없었다.

표범은 천천히 고개를 움직여 나와 아이들을 훑어보았다. 표범의 날카로운 시선이 닿을 때마다 아이들은 움찔거렸다. 은성은 숨소리가 새어 나올까 봐 손으로 입을 틀어막은 채 휘청거렸다. 무서울 게 없어 보였던 시영조차도 굳어서 손끝이 바르르 떨리는 것이 보였다.

그렇게 대치하던 표범은 아무래도 이쪽의 수가 많다고 생각했는지, 마침내 쓰러진 아이를 질질 끌며 숲으로 사라졌다. 하지만 아무도 움직일 생각을 하지 못했다. 언제 표범이 다시 돌아올지 알 수 없었기 때문이다.

얼마나 그러고 있었을까.

"찍찍, 찌찌찍."

여태 숨소리도 내지 않던 주머니쥐가 내 배낭에서 고개를 쏙 내밀었다. 활기차게 코를 킁킁거리는 녀석을 보니, 표범은 확실히 멀어진 것 같았다.

어둡던 하늘이 어느새 어슴푸레 밝아 있었다. 멈추었

던 새소리도 들려왔다. 그제야 나는 한숨을 내쉬며 자리에 풀썩 주저앉았다. 다른 아이들도 마법에서 풀린 것처럼 비틀거리거나 쓰러졌다. 무서움에 흐느끼는 아이도 있었다.

나는 가슴을 쓸어내리다가, 꼼짝도 하지 않고 서 있는 해우를 보았다. 해우는 주먹을 꽉 쥔 채 길게 이어진 핏자국을 보고 있었다. 울음을 참는 듯 입술을 앙다물고 있지만 어깨가 자꾸 들썩였다. 이번에는 목표를 대신 이뤄 주겠다는 약속조차 하지 못했다. 해우는 친구를 잃었고, 우리는 이제 아홉 명이 남았다.

2부

6월 22일
: 2nd Day

나무다리

걷고 또 걸었다. 주머니쥐가 이따금 찍찍거릴 뿐 누구도 입을 열지 않았다. 바람이 스치거나 작은 새가 바스락거리는 소리에도 다들 소스라치게 놀랐다. 모두 지난밤의 충격에서 좀처럼 벗어날 수 없었다.

DMZ에서 우리의 생존을 위협하는 것은 지뢰뿐만이 아니었다. 무서운 맹수가 언제 어디서 덮칠지 몰랐다. 여기서 뭐가 더 튀어나온들 이상할 것이 없었다. 하지만 아무도 울거나 투덜거리지 않았다. 돌아갈 길은 없다는 것을 다들 알고 있었다. 지금 할 수 있는 최선은 '천사의 별'

을 빨리 찾아 이 숲을 나가는 것이었다.

주머니쥐가 지쳤는지 날 돌아보며 울었다. 나는 걸음을 멈추고 녀석에게 감자를 조금 떼서 먹였다.

"아까부터 쥐가 너무 조용한데. 제대로 냄새 맡고 있는 거 맞아?"

시영이 미심쩍은 얼굴로 감자를 먹고 있는 주머니쥐와 나를 번갈아 보며 말했다. 그러고 보니 쥐가 지뢰 경고를 보낸 지 꽤 오래된 것 같다. 내가 곧바로 대답하지 못하자, 덩치가 인상을 찌푸리며 고함을 질렀다.

"뭐야, 이 쥐새끼 감자만 축내고 있는 거 아냐?"

"그런 거 아니야!"

내가 발끈해서 소리쳤다.

"그럼 뭔데?"

"그야 이 근처에는 지뢰가 없으니까 그렇겠지."

그렇게 내뱉고 나니 정말 그런 것 같았다.

"지뢰가 점점 줄어든 이유는, 아마도 첫 번째 목적지에 가까워졌기 때문일 거야."

내가 지도를 펼쳐 보이며 덧붙이자 시영이 물었다.

"그러니까 이 주변의 지뢰는 반군이 이미 제거했을 것

이다, 이 말이야?"

"그렇지. 반군의 본부가 가까워졌다는 건 그들의 행동 반경 안에 들어왔다는 거니까 조심해야……."

내 말이 채 끝나기도 전에 시영이 눈을 빛내며 외쳤다.

"뭐야, 그럼 '천사의 별'이 근처에 있다는 거잖아."

그러더니 순식간에 앞으로 뛰어나갔다. 나머지 아이들은 허를 찔린 듯 욕설을 퍼부으며 뒤를 쫓았다. 지뢰가 없으니 더는 함께 다닐 이유가 없어진 거다. 제기랄. 나는 은성의 팔을 잡아끌면서 황급히 달려갔다.

그런데 저만치 앞서간 아이들의 뒷모습이 보였다. 무슨 일인지 더 가지 않고 머뭇거렸다. 발을 동동거리는 아이도 있었다. 앞으로 가 보니 낭떠러지였다. 그 아래에는 물이 메말라 버린 협곡이 아찔하게 펼쳐져 있었다. 맞은편은 수직에 가깝게 깎아지른 벼랑이었다. 두 벼랑의 간격은 족히 10미터는 되어 보였다.

나는 서둘러 지도를 보았다. 다른 길은 없었다. 어떻게든 협곡을 건너든가, 아니면 올라온 길을 다시 내려가 반대쪽 산으로 오르는 방법뿐이었다. 하지만 이 또한 얼마나 걸릴지 알 수 없었다.

그사이 시영은 밧줄로 고리를 만든 후 주변을 살폈다. 다행히 이쪽에는 벼랑 가까이에 나무 몇 그루가 있었는데, 시영은 그 나무에 밧줄을 걸고 협곡을 내려가 반대편 벼랑을 기어오르려는 듯했다. 하지만 반대편 절벽에는 밧줄을 걸 만한 나무나 바위가 없었다. 수직에 가까운 벼랑을 맨손으로 기어오를 수도 없는 일이었다. 시영도 그렇게 생각했는지 짜증을 내며 밧줄을 내팽개쳤다.

도저히 방법이 떠오르지 않아 답답했다. 나는 두 손으로 머리카락을 마구 흩뜨리며 훅훅 숨을 내쉬었다. 그런 내 눈에 해우가 절벽 가까이에 서 있는 나무로 걸어가는 것이 보였다. 해우는 고개를 젖혀 나무 꼭대기를 가늠해 보더니 이내 맞은편 벼랑을 쳐다보았다. 그러고는 다시 이쪽으로 걸어왔다.

"방법이 전혀 없는 건 아니야."

"뭐? 방법이 있어? 그게 뭔데?"

내가 반색하며 물어보자, 해우는 아까 보던 나무를 가리켰다.

"저 나무 길이가 협곡의 폭보다 길어 보여. 나무를 베서 쓰러뜨린다면 두 곳을 잇는 다리가 돼 줄 거야."

과연 해우의 말대로 벼랑 쪽으로 나무를 베기만 한다면 가능할 것 같았다. 하지만 나무는 두 팔을 뻗어도 닿지 않을 만큼 큰 아름드리나무였다. 게다가 우리가 가진 도구라고는 손바닥 길이의 단도뿐이었다.

나는 단도를 들어 보이며 물었다.

"이걸로 나무를 자를 수는 없겠지?"

해우가 고개를 저으며 시무룩하게 말했다.

"그렇지. 도끼나 톱이 있어야 할 것 같아."

여기 무슨 가게가 있는 것도 아니고, 없는 도구를 어디서 구한단 말인가. 그때, 부족한 것은 언제나 뚝딱뚝딱 만들어 내던 엄마가 생각났다.

"자, 생각을 해 봐. 엄마라면 어떻게 했을지……."

중얼거리며 주변을 돌아봤다. 하지만 잡동사니가 널린 마을과 달리 숲에서는 자연물뿐이었다. 나는 잎이 넓은 참나무, 뾰족한 소나무에 매달린 솔방울, 바람에 흔들리는 가느다란 풀까지 샅샅이 살펴보았다. 그런 내 눈에 들어온 것이 있었다.

"저거다!"

나는 부드럽게 휘는 가지가 달린 뽕나무를 향해 걸어

갔다. 그리고 튼튼해 보이는 가지를 잘랐다.

해우가 의아해하며 물었다.

"그걸로 뭐 하려는 거야?"

"톱을 만들려고. 탄성이 좋은 나뭇가지를 활처럼 휜 다음, 양쪽으로 밧줄을 달 거야."

"활톱이구나! 마찰력을 이용하려는 거지?"

나는 고개를 끄덕인 후, 초승달 모양으로 휜 뽕나무 가지 끝에 홈을 파고 밧줄을 팽팽하게 당겨서 묶었다. 그런 다음 아이들을 둘러보며 말했다.

"내 말 잘 들어. 날카로운 금속 톱만은 못하겠지만, 우리가 힘을 합치면 이걸로 나무를 벨 수 있어. 두 명씩 짝을 이뤄서 톱질을 해야 해. 처음엔 힘이 많이 들 테니 팔 힘이 센 애들이 하면 좋을 것 같은데."

그 말에 당연하다는 듯 해우가 나섰다. 등 떠밀린 덩치도 마지못해 활톱을 잡았다. 밧줄의 마찰력으로 나무를 베려면 활을 켜는 속도를 최대한 빠르게 해야 했다. 초반에는 자꾸 삐끗거렸지만 어느 순간 둘의 호흡이 맞아 들어갔다. 그러자 얼마 지나지 않아 하얀 연기를 내면서 활톱이 나무 속으로 파고들었다. 우와, 하는 아이들의 감탄

사가 쏟아지자 해우와 덩치는 팔이 빠져라 활톱을 밀고 당겼다. 으르렁거리던 둘은 어느 순간 하나둘 구령까지 붙이면서 톱질을 했다.

둘이 지치면 다른 아이들이 교대했다. 나도 은성과 짝을 지어 힘을 보탰다. 그러는 동안 밧줄이 네 번이나 끊어져서 교체해야 했고, 다들 온몸이 땀으로 흠뻑 젖었다.

그렇게 한 시간쯤 지났을까? 반대편에 금이 가기 시작했다. 활톱을 집어 던진 해우는 벼랑 쪽으로 힘껏 나무를 밀었다. 그러자 다들 달라붙어 힘을 주었다. 마침내 쩌억 소리를 내며 나무가 맞은편 절벽으로 쓰러졌다. 희뿌연 흙먼지가 솟았고, 놀란 새들이 숲에서 후드득 날아올랐다. 매캐한 흙냄새와 함께, 풋풋하면서 시큼하고 달큼한 나무 냄새가 콧속으로 몰려들었다.

"끄아아악! 해냈다."

아이들은 누가 먼저랄 것도 없이 서로를 얼싸안으며 환호성을 질렀다.

하지만 이게 끝이 아니었다. 외나무다리가 만들어졌지만 막상 건너려니 엄두가 나지 않았다. 손잡이도 없는 데다가 발을 디뎌야 하는 나무 표면은 울퉁불퉁했다. 자칫

발목이 삐끗하면 그대로 추락이어서, 누구도 쉽게 나서지 못했다.

"내가 먼저 건너갈게."

해우는 밧줄 더미를 들고 성큼성큼 걸어갔다. 그러고는 쓰러진 나무 옆에 서 있는 멀쩡한 나무에 밧줄을 단단히 묶고 나머지는 자기 어깨에 멨다.

"내가 건너가서 밧줄 묶을 곳을 찾아볼게. 그럼 너희는 밧줄을 잡고 조금 더 쉽게 건너올 수 있을 거야."

해우는 두려워하는 기색도 보이지 않고 외나무다리 위에 섰다. 양팔을 벌려 균형을 잡고는 천천히 다리를 건넜다. 해우가 한 발을 내디딜 때마다 지켜보는 내가 더 조마조마했다. 심장박동 소리가 쿵쿵거리며 자꾸만 커졌다.

아슬아슬하게 다리를 다 건너간 해우는 주먹을 힘차게 들어 보였다. 나와 아이들은 함성을 지르며 박수를 쳤다. 해우는 곧바로 숲 안쪽으로 뛰어갔다. 잠시 후 해우가 가져갔던 밧줄이 팽팽하게 당겨졌다.

"이제 됐어. 밧줄을 잡고 건너와!"

그 덕분에 아이들은 외나무다리를 손쉽게 건넜다. 밧줄 손잡이는 매우 유용했다. 실수로 발을 삐끗해도 밧줄

덕분에 균형을 잡을 수 있었다. 하지만 고소공포증이 있는 은성에게는 밧줄도 소용없었다. 은성은 좀처럼 발을 내딛지 못했다. 어느새 다른 아이들은 다 건너갔고, 은성과 나만 남았다.

어쩔 수 없이 나는 은성의 팔을 붙잡고 함께 외나무다리를 건너기 시작했다. 은성은 한 발을 내디딜 때마다 비명을 질러 댔다.

"으아! 난 못 가, 안 가. 가다가 떨어지면 어떡해?"

"아래를 보지 마! 앞만 보라고!"

나는 자꾸만 주저앉으려는 은성을 부축했고, 앞에서는 아이들이 은성의 이름을 외치며 응원했다. 은성은 가까스로 정신을 차리고 조금씩 걸음을 뗐다. 그렇게 몇 발 남지 않았을 때였다. 뒤에서 우지끈하고 뭔가 부러지는 소리가 났다. 나무다리가 우리 둘의 무게를 이기지 못한 모양이었다. 뒤를 돌아볼 여유도 없었다.

나는 은성의 등을 떠밀며 소리쳤다.

"뛰어!"

하지만 은성의 뒤에 있던 나는 미처 발을 떼지 못했다. 허공을 딛나 싶은 순간, 팔을 뻗어 밧줄에 매달렸다. 그와 동시에 두 동강이 난 나무다리가 계곡으로 추락했다. 우당탕하는 소리와 함께 나무는 바닥에 떨어져 산산조각이 났다. 조금이라도 늦었으면 저 아래 조각난 나무와 함께 뒹굴 뻔했다. 식은땀이 났다. 그런 채로 앞을 바라보니 해우와 아이들이 벼랑에 매달린 은성을 끌어 올리고 있었다. 다행이었다.

하지만 나는 다른 아이들의 도움을 받기에는 어중간한 위치에 매달려 있었다. 내 팔 힘만으로 끝까지 갈 수 있을지 도저히 자신이 없었다. 벌써 팔이 빠질 듯 아파 왔다.

"뭐 해, 이 멍청아! 그렇게 매달려만 있다가는 힘이 빠져 움직이지도 못해."

시영이 벼랑 끝에 서서 소리쳤다. 비아냥거리는 말투였지만 묘하게 응원처럼 느껴졌다.

'그래, 이건 그냥 어릴 때 하던 철봉에 매달려 건너는 놀이와 같아.'

그렇게 마음먹은 나는 두 팔을 차례로 엇갈아 가며 앞으로 나아갔다. 내 몸이 이렇게 무겁다는 걸 처음 느꼈다. 팔이 끊어질 것 같았고, 밧줄을 잡은 손바닥은 쓰라렸다. 이마에서는 땀이 뚝뚝 떨어졌다. 눈이 따가웠지만 이를 악물었다.

　드디어 땅에 가까워질 무렵 누군가 내게 손을 내밀었다. 해우였다. 그 뒤에 시영이 서 있다가 내가 무사히 땅을 딛자 몸을 돌렸다.

계곡

지도에 표시된 첫 번째 목적지가 가까워지자 놀랍게도 어디선가 물 흐르는 소리가 들렸다. 풀 냄새가 더욱 짙어졌고 축축한 냄새도 났다. 낯선 소리와 냄새였지만 싫지 않았다. 나도 모르게 미소가 지어지면서 가슴이 두근거렸다. 나는 걸음을 서둘렀다.

울퉁불퉁한 회갈색 돌과 짙푸른 나무가 계속 이어지나 싶더니 어느 순간 눈앞이 환해졌다. 거대한 바위를 병풍처럼 두른 계곡이었다. 그곳에 깨끗하고 투명한 계곡물이 가득 차 있었다.

은성이 소리쳤다.

"이거 진짜야? 이게 다 물이라고?"

보면서도 믿기지가 않았다. 모두 넋이 나간 표정이었다. 살아오면서 딱 죽지 않을 정도의 물만 공급받아 왔다. 타는 듯한 갈증은 죽을 때까지 따라붙는 고통이라고 생각했다. 그런데 이렇게 많은 양의 물이 존재하는 곳이 있었다니.

감탄도 잠시, 누가 먼저랄 것도 없이 모두 계곡으로 뛰어들었다. 나도 홀린 듯 물속으로 들어갔다. 그러고는 미친 듯이 계곡물을 퍼마셨다. 정말 달았다. 물로 배가 부르기는 처음이었다. 만족스러운 웃음을 흘리며 이번에는 머리를 물속에 푹 담갔다. 뇌까지 얼얼하게 느껴질 정도로 차가웠다. 나는 마음껏 얼굴과 팔다리를 적셨다. 세상에, 물로 몸을 씻는 날이 올 줄이야. 이 순간만큼은 천만금을 준다고 해도 바꾸고 싶지 않았다.

누가 가르쳐 준 적이 없어도 아이들은 물장구치고 서로에게 물을 끼얹었다. 시영도 바지를 걷고 바위에 걸터앉아 발을 담그고 있었다. 투명한 물을 내려다보는 시영의 얼굴에 처음 보는 표정이 떠올랐다. 느긋하면서도 편안해 보였다. 낯선 시영의 모습에 마음이 이상하게 술렁거렸다.

"이담아! 여기 봐!"

고개를 돌리자 해우가 장난꾸러기 같은 얼굴로 갑자기 내게 물을 끼얹었다. 질 수 없었다. 나도 손으로 물을 마구 튀겼다. 해우의 웃는 모습을 보자 내심 다행이라는 생각이 들었다. 그래서 더 열심히 물을 뿌렸다.

흠뻑 젖은 해우의 얼굴이, 다른 아이들처럼 기뻐하는 표정으로 빛이 났다. 찰방찰방 차갑고 부드러운 물이 내 다리를 휘감았다. 간지러워서 마구 웃음이 났다. '소년들의 날'이 시작된 후 처음으로 이곳에 오기를 잘했다는 생각이 들 정도였다.

얼마나 그러고 있었을까. 으스스 한기가 들어 물에서 나와 너른 바위 위에 누웠다. 따스한 햇볕이 온몸에 내리쬐고, 눈을 감으니 기분 좋은 노곤함이 몰려들었다.

문득 엄마가 내게 말했던 예전 세상은 이런 모습이었을까 하는 생각이 들었다. 엄마가 어렸을 때는 물이 풍부해서 산도 바다도 강도 모두 푸르렀다고 한다.

세상이 이상하게 변하기 시작한 건 약 30년 전이었다.

화석연료를 마구 써 대던 100년 전부터 지구의 표면 온도가 가파르게 올랐다. 하지만 사람들은 위기를 느끼지 못했다. 그러는 동안 살인적인 더위와 가뭄이 반복됐고, 그 주기도 점점 짧아졌다.

그리고 어느 순간 과학자들이 경고한 지구 온도를 넘겨 버렸다. 그러자 당장 비가 내리지 않았다. 지구 담수의 절반을 차지했던 빙하는 녹아서 바다로 흘러들었다. 호수나 강에 있던 물은 빠르게 증발했고 바닥을 드러냈다. 곧이어 세계는 사막으로 변했고, 많은 국가가 말 그대로 붕괴했다. 바닷물을 담수화할 수 있는 기술이 상용화되기 전이었다. 그나마 우리나라가 버텼던 건 지표 아래에 있던 지하수 덕분이었다. 하지만 지하수라고 무한할 리가 없었다.

내가 태어나기 3년 전 마침내 그 일이 벌어졌다. 국가가 나서서 직접 지하수를 관리하며, 국민에게 물을 배급하겠다는 거였다. 물을 담보로 국가는 권력을 휘둘렀고 사람들은 자유와 평등을 빼앗겼다. 권력을 가진 사람들은 돔으로 둘러싸인 돔팰리스에서 물을 안정적으로 공급받았다. 그리고 돔팰리스 바깥의 나머지 사람들은 죽지 않을 정도로만 물을 얻었다. 몇백 년 전에나 존재했던 전제주의 국가가 된 거라고 엄마는 말했다.

전제주의가 뭔지는 잘 모르겠지만, 내가 원하는 삶을 살 수 없다는 뜻이라는 건 어렴풋이 알 것 같았다. 지금 여기, DMZ에 있는 것부터가 내 의지와는 전혀 관련이 없었다. 내가 원하는 건 그저 엄마와 함께 평범했던 시절로 돌아가는 것뿐이었다.

감았던 눈을 떠 여태 계곡물에서 놀고 있는 아이들을 바라보았다. 저들도 처음부터 범죄자는 아니었을 것이다. 물이나 음식을 훔쳤다고 평생 감옥에서 썩어야 한다는 게 말이 되는 걸까. 도대체 누구를 탓해야 할지 알 수 없었다. 그러다 문득 아이들 중 몇이 없다는 걸 깨달았다.

"시영이는 어디 있어? 덩치는?"

내 새된 고함에 아이들이 어리둥절한 얼굴로 돌아보았다. 바위 위에 던져 둔 배낭들을 허겁지겁 살폈지만, 예상대로 두 사람 것만 없었다.

"이 근처에 첫 번째 목적지가 있을 텐데 계곡물에 정신이 팔려서 깜빡했어. 아무래도 시영이랑 덩치가 선수를 친 것 같아."

방심하다니, 멍청했다. 너무 분한 나머지 입술을 꽉 깨물었다.

그제야 심각성을 알아챘는지 아이들이 계곡물에서 나왔다. 머리의 물기를 손으로 털어 내며 해우가 다가왔다.

"둘이 없어진 지 삼십 분이 채 지나지 않았을 거야. 지금이라도 빨리 쫓아가 보자."

은성이 괜히 씩씩한 척 말했다.

"그래. 금방 따라잡을 수 있을 거야. 솔직히 시영이는 덩치랑 둘뿐이고, 우리는 일곱 명이나 되잖아. 혹시라도 싸우게 된다면 우리가 승산이 크다고."

물론 상대편은 둘뿐이지만, 여기 있는 누구보다 강력한 우승 후보였다. 하지만 나는 내색하지 않은 채 고개를 끄덕였다.

아이들과 함께 계곡을 빙 둘러, 지도에 표시된 벼랑 바로 아래까지 왔다. 붉은 점은 벼랑 중간 한 곳에 표시돼 있었다. 가까이에서 올려다보니 생각보다 꽤 높았다. 다행히 벼랑이 울퉁불퉁해서 발 디딜 곳은 충분해 보였다.

"내가 먼저 올라갈 테니까……."

나는 해우의 말을 단번에 잘랐다.

"아니, 이번에는 내가 먼저 갈래."

"날 못 믿는 거야?"

해우가 웃으며 날 내려다보았다. 저 웃음이 좋은 것 같기도 하고, 화가 나기도 했다. 나도 내가 왜 이러는지 모르겠지만 한 가지는 분명했다. 해우의 도움과 저 웃음에 익숙해지면 안 된다는 거다. 해우 역시 시영처럼 결국 적이 될 수밖에 없을 테니까.

"그런 건 아니야. 그냥 너 혼자 위험을 무릅쓸 필요는 없으니까. 어차피 마지막에는 혼자 감당해야 하잖아."

그러자 해우가 웃음기를 지우고 고개를 끄덕였다. 나는 벼랑에서 파이고 튀어나온 부분을 주의 깊게 살핀 후 기어오르기 시작했다. 벼랑 중간쯤 오르자 더는 잡고 오를 만한 곳이 보이지 않았다.

난감해져 주변을 둘러보니 덩굴이 흔들리는 게 보였다. 제법 굵어 보여서 한 손을 뻗어 잡아당겨 보았다. 하지만 내 몸을 지탱하기에는 턱없이 약했다. 그런데 일부러 심어 놓은 듯 덩굴이 가지런하게 늘어져 있는 모습이 이상했다. 꼭 뭔가를 가리고 있는 것 같다는 생각이 언뜻 들었다. 나는 늘어진 덩굴을 한쪽으로 밀어 보았다. 그러자 그 뒤로 텅 빈 공간이 보였다. 동굴이었다.

"여기 동굴이 있어! 이 안에 뭔가 있나 봐."

나는 동굴 안으로 펄쩍 뛰어들었다. 잠시 후 나머지 아이들도 동굴 입구에 도착했다. 나는 배낭에서 손전등을 꺼내 들었다. 동굴은 두 사람이 나란히 서면 어깨가 부딪힐 정도로 좁았다. 하지만 좁은 것에 비해 깊었고, 바닥은 반질반질했다. 박쥐나 노래기 같은 동굴 생물도 거의 보이지 않았다. 마치 사람이 자주 오간 듯했다. 나는 고개를 갸웃거리며 꼬불꼬불한 동굴을 따라 걸어갔다. 그렇게 얼마나 갔을까. 저 앞에서 불빛이 보였다. 동굴 벽에 시영과 덩치의 그림자가 기괴한 모습으로 흔들렸다.

"우리를 배신하고 선수치더니 겨우 여기 있는 거야?"

가까이 다가간 내가 소리쳤지만 시영은 고개를 들지 않았다. 시영은 초조한 표정으로 무언가를 내려다보고 있었다. 그건 팔뚝만 한 까만 직사각형의 상자였다. 손가락 길이의 금속 막대가 달려 있고, 미세하게 작은 구멍이 뚫린 은색 동그란 판이 양옆에 있었다.

'저런 게 왜 동굴 안에 있는 거지?'

내 옆에 선 은성이 더듬거렸다. 은성의 얼굴은 새파랗

게 질려 있었다.

"저건 전파 증폭기야. 아무래도, 우리 속은 것 같아."

"속았다니? 그게 무슨 말이야?"

"저걸 이용해 전파를 증폭시킨 거야. 마치 여기가 방해
전파가 시작된 곳인 것처럼 보이려고 말이야. 여긴 반군
의 본부도 뭣도 아니야. 여긴…… 그들이 파 놓은 함정일
지도 몰라."

은성의 말에 모두 충격을 받은 듯 멍한 얼굴이었다. 나
역시 망연자실할 수밖에 없었다.

'지도 하나만 믿고 여기까지 왔는데, 이 모든 것이 가짜
라면 도대체 지금부터는 어떻게 해야 하는 걸까?'

그런 생각으로 온통 혼란스러웠지만 지금은 망설일 때
가 아니었다.

"그게 정말이라면 빨리 여기를 빠져나가는 게 좋겠어."

겨우 냉정을 찾은 내 말에 아이들은 슬금슬금 몸을 돌
렸다. 하지만 시영은 무슨 미련이 남았는지 자꾸만 전파
증폭기에서 눈을 떼지 못했다. 약삭빠른 시영이 그러니
괜히 신경이 쓰였다.

그때였다. 갑자기 전파 증폭기가 환한 빛을 내뿜었다.

은색 판에서 지지직 치익 하는 소음이 흘러나왔다. 신경을 거슬리게 하는 기괴한 소리였다. 그게 뭔지 생각할 틈이 없었다. 그저 빨리 달아나야겠다는 생각뿐이었다. 겁에 질린 아이들은 누가 먼저랄 것도 없이 입구로 마구 내달렸다. 하지만 한꺼번에 몰린 탓에 몇몇의 몸이 부딪쳤고, 나는 누군가가 뒤에서 잡아당기는 바람에 바닥으로 나동그라지고 말았다.

맨 뒤로 처진 나는 몸을 일으키다 말고 멈칫했다. 전파 증폭기에서 나오는 소리는 더 커지지도 않고 끊어지지도 않은 채 일정한 음을 냈다. 마치 어떤 패턴이 반복되는 것 같았다.

'이상하다. 이게 뭐지?'

소리에 귀를 기울이고 있는 내 손을 잡아끈 건 은성이었다.

"뭐 해? 빨리 나가자니까."

"은성아, 이 소리 좀 이상하지 않아? 뭔가 규칙이 있는 것 같단 말이야."

내 말에 은성은 잠시 귀를 기울이는 것 같더니 이내 고개를 저었다.

"지금 그런 걸 따질 때야? 일단 여길 피해야지. 저 소리도 함정이면 어쩌려고 그래?"

그렇다. 반군이 이 동굴에 어떤 덫을 쳐 놓았는지 알수 없었다. 나는 은성이 내민 손을 잡고 입구를 향해 내달렸다.

정신없이 벼랑을 기어 내려온 은성과 나는 가쁜 숨을몰아쉬며 뒤로 돌았다. 그런데 이미 멀리 도망간 줄 알았던 아이들이 무슨 일인지 가만히 서 있었다. 그들은 어깨를 축 늘어뜨린 채 계곡 쪽을 멍하니 바라보고 있었다.

조금 전까지만 해도 나뭇잎 하나, 풀 한 포기까지 선명하게 보였던 계곡이 눈앞에서 완전히 사라진 상태였다. 그리고 그 자리를 두껍고 축축한 안개가 뒤덮고 있었다. 어느새 코앞까지 다가온 안개는 모든 것을 집어삼킬 것처럼 보였다.

안개

"어, 어떡하지?"

은성이 겁먹은 목소리로 속삭였다.

"여길 빨리 벗어나야지."

"어디로 가?"

"나도 잘 모르겠어. 일단 왔던 길로 돌아가는 게 낫지 않을까?"

무엇이 있을지 모르는 낯선 곳보다는 그나마 지나온 길이 나을 거라는 판단이 들었다. 하지만 사방이 보이지 않으니 길을 가늠할 수가 없었다. 어느 쪽이든 저 짙은 안개를 뚫고 가는 수밖에 없었다.

나는 나침반과 지도를 꺼냈다.

"우리가 벼랑에서 북서쪽으로 쭉 왔으니까 반대로 남동쪽을 향해 가면 될 것 같아."

그렇게 말했지만 아무도 움직이지 않았다. 망설일 시간이 없었다. 나는 은성의 손을 잡아끌며 안개 속으로 성큼 들어갔다.

"싫으면 같이 안 가도 돼."

내가 앞장서자 나머지 아이들도 마지못해 안개 속으로 들어섰다. 해우는 맨 끝에서 아이들을 챙기겠다며 뒤로 처졌다.

바로 눈앞도 하얀 장막을 친 것처럼 온통 뿌옜다. 숨을 들이쉴 때마다 콧속으로 축축한 공기가 스며들었다. 6월이 무색할 만큼 서늘한 기운이 온몸을 파고들었다. 나는 괜히 양팔로 몸을 감싸 안았다.

안개가 어찌나 짙은지 두세 걸음 앞이 간신히 보였다. 언제 뭐가 튀어나올지도 모른다는 생각에 긴장을 늦출 수가 없었다. 어쩌다 회색 형체가 불쑥불쑥 나타날 때면 소스라치게 놀랐다. 가까이 가 보면 그냥 키 큰 나무였다. 알면서도 매번 무서웠다. 순백의 안개는 익숙한 것도 낯설게 만들었다. 식은땀이 등을 타고 자꾸만 흘러내렸다.

나는 땀으로 축축해진 손을 말아 쥔 채 걸음을 서둘렀다. 꼭 혼자 안개 속을 헤매는 것 같았다. 이렇게 짙은 안개 속에서는 누군가 돌연 사라져도 알아채지 못할 거란 생각이 들었다. 뒤를 돌아보자 은성을 제외한 다른 아이들은 안개에 가려져 보이지 않았다.

문득 제일 뒤쪽에 있는 해우가 걱정됐다. 내가 걸음을 멈추자 멀리 뒤에서 무슨 일이냐는 해우의 목소리가 들려왔다. 그제야 안심이 된 나는 말없이 다시 걷기 시작했다.

꽤 걸은 듯 다리가 뻐근하게 아파 왔다. 아까부터 허리가 꺾일 정도로 배가 고팠지만, 누구도 쉬어 가자는 말을 꺼내지 못했다.

시영이 뾰족한 목소리로 물었다.

"지금쯤이면 벼랑 근처까지 왔어야 하는 거 아니야?"

맞는 말이었다. 이 정도면 벼랑에 도착하고도 남을 거리였다. 이상한 기분이 든 나는 걸음을 멈추고 주변을 살폈다. 하얀 장막 너머로 흐릿한 흑백사진 같은 명암이 어른거렸다.

키 큰 소나무 숲이었다. 소나무 사이에는 흰 개망초가 흐드러지게 피어 있었다. 노란 꽃술을 가운데 두고 흰 꽃 잎들이 팔을 벌리고 있는 것 같았다. 같은 흰색인데도 희뿌연 안개와는 달랐다. 순백의 꽃 한 송이 한 송이가 눈부셨고, 노란 꽃술은 앙증맞았다. 그런 꽃송이를 잔뜩 달고 있는 기다란 줄기는 하늘을 향해 꼿꼿하게 피어올랐다. 책에서나 보던 개망초밭에서 나는 한동안 눈을 떼지 못했다.

"저 재수 없는 흰 꽃도 처음 보는 것 같은데 뭐라고 말 좀 해 봐."

시영의 짜증 섞인 재촉에 감상을 떨쳐 버렸다. 아닌 게 아니라 분명 처음 와 보는 곳이었다.

"하아, 아무래도 길을 잘못 든 모양이야. 나침반이 가리키는 대로 남동쪽으로 온 것 같은데."

내가 자신 없이 끝말을 흐리자, 아이들 사이에서 낮은 탄식이 터져 나왔다. 나침반도 제대로 보지 못하는 주제에 앞장선 거냐고 덩치가 화를 냈고, 무서워서 뒤로 숨을 땐 언제고 지금 와서 남 탓을 하느냐고 은성이 맞받아쳤다. 거기에 몇몇 아이까지 가세하면서 순식간에 난장판이

됐다.

난 머리를 흔들며 소리쳤다.

"제발 그만들 해! 지금 여기서 누구 탓을 하면 뭐 하냐고. 어떻게든 이 안개 속을 빨리 빠져나가⋯⋯."

나는 뒷말을 잇지 못한 채 얼어붙고 말았다. 짙은 안개 속에서 검은 그림자가 휙 지나갔기 때문이다. 기겁하는 내 시선을 따라가던 해우가 흠칫 놀라며 손으로 입을 틀어막았다. 해우는 비명을 참았지만, 검은 그림자를 목격한 다른 아이들은 그러지 못했다. 외마디 비명이 안개 숲을 뒤흔들었다.

"도, 도망가!"

누군가의 절규에 나는 미친 듯이 질주했다. 어디로 가는지도 모르는 채 무작정 내달렸다. 심장이 요란하게 고동쳤다. 그러다가 어느 순간 발부리에 뭔가가 걸렸고, 그대로 넘어지고 말았다. 손바닥에 피가 맺혀 무척이나 쓰라렸다.

"이담아, 이담아! 어디 있어? 같이 가, 제발!"

어디선가 흐느끼는 은성의 목소리가 들렸다. 그제야 나는 내가 경솔히 행동했다는 걸 깨달았다. 아무것도 보이지 않는 안개 속에서 뿔뿔이 흩어지는 건 자살행위였다. 더군다나 정체를 알 수 없는 검은 그림자가 저 짙은 안개 속에 몸을 감추고 있지 않은가. 아직은 함께 있는 것이 내 안전을 위해서도 필요했다.

나는 허공을 향해 소리쳤다.

"은성아! 나 여기 있어! 소리 좀 내 봐. 내가 찾아갈게."

"이, 이담아!"

훌쩍이던 은성은 손뼉을 치며 소리를 냈다. 나는 온 신경을 귀에 집중하고 소리 나는 쪽을 향해 더듬더듬 나아갔다. 그때였다. 손끝에 무엇이 스친 것 같았다. 서늘하면서도 기분 나쁜 무언가. 나는 꽥 비명을 지르며 손을 재빨리 움츠렸다. 형체가 뚜렷하지 않은 회색 덩어리 같은 것이 순식간에 멀어졌다. 온몸에 소름이 돋았다.

"왜, 왜 그래?"

놀란 은성의 목소리가 가깝게 들렸다. 난 펄떡이는 심장을 애써 진정시키며 아무것도 아니라고 말했다. 여기서 더 공포를 키울 필요는 없었다. 소리가 나는 곳으로 몇 발짝 더 다가가자 웅크리고 있는 은성의 실루엣이 보였다. 나는 재빨리 은성을 일으켰다.

"으흐흑. 네가 날 버리는 줄 알았어."

은성이 내 손을 꽉 잡으며 숨을 내쉬었다. 나도 겁먹은 은성의 눈을 바라보며 이제 안심하라는 듯 고개를 끄덕여 보였다. 그러고는 하얀 장막 같은 안개에 대고 외쳤다.

"흩어져 있으면 더 위험해! 뭉쳐 있어야 누구든 우릴 함부로 공격하지 못할 거야. 그러니까 빨리 모여야 해. 내가 손뼉을 칠 테니까 소리 듣고 와 줘."

은성과 나는 손이 빨개지도록 손뼉을 쳤고, 여기저기서 풀을 헤치는 소리가 들려왔다. 그러더니 안개 속에서 아이들이 하나둘 나타났다. 아이들의 몰골은 말이 아니었다. 나처럼 넘어지거나, 나무에 긁힌 듯 상처가 생긴 애들도 있었다. 곧 시영과 덩치까지도 안개를 뚫고 왔다. 마침내 아홉 명이 다시 한자리에 모였다.

빨리 이 안개를 빠져나가야 한다. 이번에는 시영과 덩치가 앞장서기로 했다. 숨 막힐 것 같은 안개에 갇힌 채로 한참을 걷던 중, 문득 해우가 멈춰 서더니 낮은 목소리로 말했다.

"여기 아까 왔던 자리잖아. 우리, 아무래도 같은 자리를 맴돌고 있는 것 같아."

자세히 살펴보니 흰 개망초가 피어 있는 바로 그 소나무 숲이었다. 무언가에 홀린 것만 같았다.

그때였다.

"크으으윽! 크르르……."

갑자기 안개 너머에서 귀를 찢을 듯한 소리가 들려왔다. 이 세상의 것이 아닌 것 같은 끔찍한 소리였다. 우리는 반사적으로 몸을 수그리고 꼼짝도 하지 않았다. 숨소리조차 낼 수 없었다. 새하얀 안개 속에 갇혀 우리는 정체 모를 소리에 귀를 기울였다. 그것은 신음 같기도 하고 울음 같기도 했다. 고통스러운 소리임은 틀림없었다.

소리는 조금씩 잦아들었고, 마침내 침묵이 찾아왔다. 하지만 아무도 움직이지 않았다. 한 치 앞도 보이지 않는 안개 속에서 도망갈 곳은 아무 데도 없었다.

나는 몸을 일으켰다.

"언제까지 이러고 있을 수는 없어. 아까 그 비명이 뭔지 알아봐야겠어."

해우가 내 팔을 붙잡았다.

"같이 가. 사방이 안 보이니까 혼자서는 위험해."

나와 해우가 나서자, 지기 싫은 것인지 시영도 따라왔

다. 우리는 소리가 들렸던 방향으로 조심스럽게 이동했다. 그런데 하얀 개망초 위로 새빨간 얼룩이 어른거렸다.

"피, 피다!"

나도 모르게 뒷걸음쳤다. 마구 짓밟히고 꺾인 개망초 주변으로 붉은 피가 잔뜩 튀어 있었다. 그리고 한쪽에는 정체를 알 수 없는 짐승이 사지를 늘어뜨린 채 널브러져 있었다. 나는 터질 것 같은 비명을 겨우 삼키고는 다시 짐승에게 다가갔다. 짐승은 회색과 갈색이 섞인 짧은 털로 덮여 있었다. 개와 비슷하지만 코가 더 뾰족했고, 이빨은 날카로웠다.

"이거, 늑대인 것 같아."

내가 나지막하게 말하자, 해우가 놀라 대꾸했다.

"표범에 이어 늑대라니. 대체 이 숲, 정체가 뭐야?"

"지금 중요한 건 그게 아니야. 늑대가 왜 죽었는가 하는 거지."

그렇게 말한 시영은 주변에 있던 굵은 나뭇가지를 주워 늑대를 뒤집었다. 늑대의 심장 부근에 화살이 박혀 있었다. 선명한 파란색 화살 깃이 붉은 피와 대비돼 눈에 확 띄었다. 소름이 훅 끼쳤다.

"숲에 우리 말고 다른 누군가가 있어."

긴장한 듯한 시영의 말에 해우가 고개를 갸웃했다.

"반군일까?"

"하지만 반군이라면 왜 우리를 공격하지 않았지?"

내 질문에 아무도 대답하지 못했다. 그러는 사이, 나머지 아이들도 슬금슬금 우리 쪽으로 다가왔다. 그들도 늑대의 사체와 화살을 보았고, 곧 날카로운 비명과 다급한 말이 쏟아졌다.

"그럼 뭐 하고 있는 거야? 빨리 도망가야지."

"어디로 도망을 간다는 거야? 아니, 애당초 도망갈 수나 있어?"

누군가 절망에 빠져 소리쳤다.

"우린 여기서 죽고 말 거야. '천사의 별'을 찾기도 전에 이 망할 안개 속에서 죽고 말 거라고, 저 늑대처럼."

서로에게 소리를 질러 대던 아이들이 일제히 입을 다물었다. 안개 속에서 보았던 검은 그림자, 핏자국, 짐승의 사체. 그 모든 것이 가리키는 것은 죽음의 공포였다.

"흐윽."

한 아이가 울음을 터뜨렸다.

나는 아이들을 둘러보며 단호하게 말했다.

"두 번째 지점으로 가자!"

그러자 은성이 난감하다는 얼굴로 대꾸했다.

"거기도 분명 가짜일 거야."

"알아. 하지만 어차피 갈 곳이 없잖아. 그렇다고 여기 가만히 앉아서 죽기만을 기다릴 거야? 그게 아니라면 끝까지 가 보자. 반군이 왜 하필 거기에 전파 증폭기를 설치했는지, 왜 우리를 거기로 유인하려 했는지 알아내는 거야. 그래야 그들의 속셈을 파악할 수 있어."

내 말에 해우가 고개를 크게 끄덕였다.

"난 찬성이야! 어딘들 여기보다 낫지 않겠어?"

나는 다시 지도와 나침반을 펼쳐 주변 지형과 방향을 살폈다. 그새 안개가 살짝 옅어진 덕분에 지도에 표시된 큰 봉우리를 찾을 수 있었다. 그곳만 넘으면 두 번째 목적지였다.

우리는 누가 먼저랄 것도 없이 봉우리를 향해 걷기 시작했다. 걷다 보니 산속에서 밤을 맞고 말았지만, 멈출 수는 없었다. 이 미칠 것 같은 안개 숲에서 한시라도 빨리 벗어나야 했다.

배신

산등성이를 넘자 안개는 거짓말처럼 사라졌다. 밤새 걸어서 도착한 곳은 텅 빈 마을이었다.

사람이 떠난 자리에는 허물어진 담장과 깨진 창문, 빛바랜 지붕만이 남아 있었다. 좁은 골목길에는 이 빠진 그릇이나 낡은 책, 바람 빠진 축구공까지 온갖 잡동사니가 나뒹굴었다. 마치 시간이 흐르기를 거부한 채 박제된 것 같았다. 걸음을 뗄 때마다 흙먼지가 일어 오래된 흙냄새가 피어올랐다.

아침 햇살에 깨진 유리 조각이 반짝였다. 그사이에 삐

죽이 솟아오른 연둣빛 강아지풀이 바람에 흔들렸다. 나는 솜털 달린 강아지풀을 손바닥으로 쓸어 보았다. 까슬까슬하면서도 간지러웠다. 기분이 묘했다.

"이야, 진짜 이상하지 않냐? 어떻게 이런 곳에도 풀이 자라지?"

"그러니까. 이 안만 다른 세상인 것 같아."

"도대체 여기에 뭐가 있는 걸까?"

아이들은 마을을 둘러보며 그런 말을 주고받았다. 그동안은 온갖 위험에서 살아남는 데에만 급급했다. 그러다 보니 생각할 여유조차 없었는데, 3일째가 돼서야 이곳에만 물과 식물이 존재하는 이유가 궁금해졌다. DMZ 바깥은 지금도 뜨거운 태양과 버석버석한 흙밖에 없는데 말이다.

"그나저나 이 마을은 대체 언제부터 버려진 거야?"

누군가 툭 내뱉은 질문에 정신이 돌아왔다.

은성이 즉각 대꾸했다.

"30년쯤 됐을걸. 통일 직후 남북의 접경지대에 있던 마을은 전부 폐쇄됐대. DMZ를 확장해서 자연보호구역을 만들려고 한 거였고."

너무 자세한 대답에 모두 놀라 돌아보자, 은성은 낡은 책을 손에 들고 흔들었다.

"저 담장 옆에서 주웠어. 정부에서 발간한 홍보 책자인데 여기 그렇게 쓰여 있네. 그래서 마을 주변은 지뢰도 전부 제거했다나 봐."

그 말을 듣자 마을에 들어서기 전, 주머니쥐를 놓아주길 잘했다는 생각이 들었다. 사실 더는 녀석을 먹일 감자가 없었기 때문이지만.

"이제 어떡해? 다시 출발할까?"

해우가 말을 꺼내자 아이들은 한숨을 내쉬었다. 밤새 산을 오르고 마을까지 온 탓에 잠을 거의 자지 못했기 때문이다. 한 번 멈추었더니 지친 몸을 다시 움직이기가 쉽지 않았다. 아이들은 대답 대신 그 자리에 털썩 주저앉았다.

결국 잠깐 쉬어 가기로 하고 그나마 가장 멀쩡한 집을 골랐다. 시영과 덩치는 안쪽에 있는 큰 방을 재빨리 선점했다. 남쪽 출신인 세진과 재경도 그 방에 자리를 잡았다. 둘은 친한지 항상 붙어 다녔다. 계곡에서 버림받아 놓고도 강자인 시영에게 배신감을 느끼기보다는 그 옆에 꼭 붙어 있기를 택한 것 같았다.

나와 은성은 반대편의 작은 방으로 들어갔다. 해우와 북쪽 출신 아이들도 나머지 방에 들어가 누웠다. 잠시 후 코 고는 소리가 여기저기서 들려왔다. 그 소리를 들으니 나도 피곤함이 몰려왔다. 잠깐 눈만 감고 있어야지, 생각하며 바닥에 웅크렸다.

 그러다 깜빡 잠이 든 모양이다. 갑자기 누군가 목을 조르는 듯 숨이 답답했다. 잠결에도 날 내려다보는 시선이 느껴져 소름이 끼쳤다. 깨고 싶었지만 손가락 하나 까딱할 수 없었다. 가위에 눌린 듯했다. 그때 누군가 내 몸을 슬쩍 건드린 것 같았고, 흠칫 놀란 나는 바로 눈을 떴다.

 방 안에는 은성이 쌕쌕 소리를 내며 자고 있을 뿐 아무 일도 없었다. 예민해진 탓이겠지 싶어 한숨을 쉬며 옆으로 돌아눕는데 옆구리에서 딱딱한 것이 느껴졌다.

 '뭐지?'

 몸을 일으켜 앉아 바지 주머니에 손을 넣어 보니 뭔가가 들어 있었다. 새끼손가락만 한 홀로그램 카드였다. 처음 보는 물건이어서 의아했지만 궁금한 마음이 더 컸다. 서둘러 재생 버튼을 눌러 본 나는 눈물이 왈칵 솟구쳤다.

 엄마였다. 여기저기 상처가 난 엄마는 초췌한 모습으

로 어떤 방에 갇혀 있었다. 의자에 앉은 채 뒤로 손이 묶인 엄마는 정면을 향해 연신 뭐라고 외쳤다. 입 모양을 보니 '이담아, 안 돼! 오지 마'라고 말하는 것 같았다. 엄마 뒤의 회색 벽에는 날카로운 상어 이빨이 그려진 마크가 선명하게 보였다. 이건 분명 서찬열 중령이 내게 보낸 메시지였다. 납치된 엄마를 잊지 말라는 협박이었고, 어서 '천사의 별'을 찾으라는 경고였다. 멀리 떨어져 있는데도 바로 옆에서 감시당하는 기분이었다. 두려운 동시에 초조해졌다.

그런데 이상했다. 영상이 찍힌 날짜는 6월 20일. '소년들의 날' 하루 전이었다. 게다가 DMZ에는 참가자 외에 누구도 들어올 수 없다. 그 말은 누군가 이 홀로그램 카드를 미리 가지고 있다가 내가 자는 사이 몰래 넣어 놓았다는 말이다.

"도대체 누가, 왜?"

중얼거리던 나는 눈을 찡그렸다. 갑자기 밝은 빛이 눈꺼풀 위에서 어른거렸기 때문이다. 빛의 정체를 찾아 두리번거렸지만 집 안에는 어떤 움직임도 없었다.

그럼 이건 뭐지 싶어 조용히 몸을 일으키고는 창밖을 내다보았다. 그때 골목 맞은편에 있는 집 창가에서 뭔가 반짝였다. 깨진 유리창에 햇빛이 반사된 것 같기도 했다. 더 자세히 보려고 까치발을 하고는 창밖으로 몸을 내밀었다. 그때 맞은편 창가에 있던 검은 형체가 움직이더니 스윽 사라졌다. 동시에 빛도 사라졌다. 문득 저 빛이 홀로그램 카드와 연관이 있을지도 모른다는 생각이 스쳤다.

나는 창밖으로 훌쩍 뛰어내렸다. 조용히, 그러나 빠르게 골목을 가로질러 빛바랜 파란색 지붕이 있는 집 마당에 들어섰다. 그런데 햇빛을 반사할 유리창은 이미 다 떨어져 나가고, 창틀만 간신히 붙어 있었다. 그렇다면 그 빛은 대체…….

갑자기 오른쪽 담 쪽에서 부스럭거리는 소리가 났다. 떨리는 가슴을 진정시키며 조심스레 다가갔다. 허물어진 담장 사이에서 뭔가가 반짝였다. 후우, 숨을 깊게 들이쉰 나는 정체불명의 빛에 접근했다.

그것은 투명한 유리로 만들어진 펜던트였다. 엄지손톱만 한 크기에 사방으로 뾰족뾰족한 가시가 돋아난 게 꼭 솔잎 같았다. 위에서 보면 별처럼 보이기도 했다.

'어? 이건 엄마 거잖아!'

분명 몇 년 전에 엄마에게 달라고 졸랐다가 거절당한

목걸이에 달려 있던 펜던트였다. 그때 엄마는 아직 줄 수 없다고 웃으면서 말했다. 그 뒤로는 한동안 본 적이 없었지만 마지막으로 본 건 또렷이 기억난다. DMZ의 철조망을 넘기 직전, 엄마가 갑자기 목걸이를 풀어 펜던트만 빼서 내게 건네려고 했다. 그런데 하필 그때 군인들이 들이닥쳤다. 무슨 말인가를 하려던 엄마는 황급히 펜던트를 주머니에 넣고는 내 손을 잡고 도망친 것이다. 그런데 그 펜던트가 어떻게 여기 있는 걸까?

'홀로그램 카드도 그렇고, 엄마의 펜던트도 날 협박하려고 놔둔 걸까? 하지만 왜 그렇게까지……'

고개를 갸우뚱거리며 손을 뻗었다. 내 손끝이 닿자 별안간 펜던트가 파란빛을 내뿜었다. 그런데 이건 모양만 똑같을 뿐 엄마의 것이 아니었다. 엄마의 펜던트는 쥐었을 때 붉은빛을 냈다. 그게 신기해서 달라고 졸랐던 기억이 선명했다.

"이담아, 거기서 뭐 해?"

은성이 날 부르며 다가왔다. 당황한 나는 서둘러 펜던트를 주머니에 넣었다. 다행히 손에서 떼니까 빛도 사라졌다. 나는 짐짓 아무 일 없는 척 은성에게 다가갔다.

"거기 뭐가 있어?"

"아니. 있긴 뭐가 있어. 그냥 혼자만의 공간이 필요해서."

난 그렇게 말하며 아랫배를 가리켰다. 은성이 무슨 말인지 알아듣고는 이상하게 냄새가 났다며 키득거렸다. 나도 괜히 실없이 웃으며 은성의 어깨에 팔을 둘렀다.

"애들은 뭐 해? 다들 일어났어?"

"아직. 완전 뻗었어. 3일을 못 잤는데 너도 조금이라도 더 자 둬."

다시 아이들이 있는 집으로 들어섰다. 마당에서 방을 들여다보니 다들 누가 업어 가도 모를 정도로 잠에 빠져 있었다. 좀처럼 긴장을 풀 것 같지 않은 시영도 구석에 웅크린 채 자고 있었다.

하지만 나는 잠이 달아난 지 오래였다. 내 주머니에 있는 의문의 물건 때문이었다. 나는 주머니에 손을 넣었다. 서찬열 중령이 보냈을 홀로그램 카드와 엄마의 것과 똑같은 모양의 펜던트가 동시에 만져졌다. 누가 이런 걸로 나를 협박하려 하는지 알 수 없었다. 하지만 그것이 중령에게 끌려간 엄마를 떠올리게 했고, 어떻게든 빨리 '천사의 별'을 찾아야 한다는 생각으로 이어졌다. 견디기 힘든 조급함에 심장이 조여드는 것 같았다. 중령의 메시지는 매우 효과적으로 날 압박하고 있었다.

'어쩌면 저 아이들 중에 중령의 심부름을 하는 하수인이 있을지도 몰라.'

나는 아이들의 얼굴을 하나씩 떠올려 보았다. 모두가 밑바닥 인생이었고, 단 한 명만 거기서 벗어날 수 있었다. 하지만 아이들도 알았다. 자기가 우승하리라는 보장은 없다는 걸. 중령이 나를 감시하는 조건으로 무언가를 약속했다면 누구라도 배신할 수 있을 것 같았다.

아무도 믿을 수 없다.

그렇다면 이제 어떻게 해야 할까? 사실 '소년들의 날'을 시작할 때만 해도 나는 시영보다 아는 것이 별로 없었다. 하지만 지금은 내가 더 유리할지도 모른다. 영수 할아버지 덕분에 누구보다 숲에 대해 잘 알고 있으니 말이다. 그렇다면 더는 저 아이들과 함께할 필요가 없었다. 어쩌면 모두가 잠든 지금이 누구보다 빨리 '천사의 별'을 찾을 수 있는 절호의 기회일지도 모른다.

나는 안으로 들어가려는 은성의 손을 붙잡았다.

"은성아, 그냥 우리끼리 가자."

"우리끼리 가자니? 어딜 말이야?"

"계곡에서 시영이도 먼저 몰래 갔잖아. 우리라고 그러지 말라는 법은 없지."

언제 또 배신당할지 모르니, 먼저 선수를 치자는 내 말에 은성의 눈이 휘둥그레졌다. 하지만 그것도 잠시, 겁먹을 줄 알았던 은성이 의외로 흔쾌히 고개를 끄덕였다. 그러더니 조심스럽게 말했다.

"하지만 어떻게 몰래 빠져나갈 생각이야? 잠이야 금방 깰 테고, 우리가 먼저 간 걸 알면 시영이가 가만있지 않을 텐데."

"최대한 못 쫓아오게 해야겠지. 시영이가 자고 있는 방은 창문이 없으니까, 문만 막으면 당분간은 쫓아오지 못할 거야."

내 대답에 은성이 머리를 긁적였다.

"방에는 190센티미터가 넘는 덩치가 있어. 네 명이 저 낡은 문을 부수는 건 그다지 어려운 일도 아닐걸. 보통 방법으로는 안 돼."

문을 막을 단단한 것이 필요했다. 우리는 온갖 잡동사

니가 굴러다니는 마당을 둘러보았다. 구식 농기구들이 보였지만, 마땅치가 않았다. 그때 은성이 눈을 반짝이더니 마당 한구석에 버려진 뭔가를 가져왔다. 꼭 총처럼 생겼고, 손잡이 뒷부분에 붉게 녹슨 금속 통이 달려 있었다.

"그게 뭐야?"

"메탈릭 스프레이라고 옛날에 쓰던 금속 접착제야. 화학 시간에 배운 적 있는데, 통 안의 액체가 공기와 만나는 순간 금속으로 변한대. 워낙 접착력이 좋아서 많이 팔렸는데, 공기를 오염시킨다고 금지됐다더라. 아마 마을을 떠날 때 버리고 갔나 봐."

나는 은성에게서 접착제를 받아서 흔들어 보았다. 통은 녹슬었으나 안에 있는 액체는 멀쩡했다.

"이거 굳는 데 얼마나 걸릴까?"

"글쎄 오 분쯤이면 완전히 단단해질걸."

"오 분이라……. 지금 아이들 상태로는 오십 분은 더 잘 것 같긴 한데. 그래, 한번 해 보자."

나와 은성은 발뒤꿈치를 들고 조용히 작은 방으로 들어갔다. 배낭을 챙기고 시영 일행이 잠들어 있는 큰 방 앞에 섰다. 나는 조용히 문을 닫은 후 접착제를 문에 대고 뿌렸다. 치이익, 가스 새는 소리와 함께 흰색 기체가 뿜어져 나왔다. 기체는 곧 문과 벽에 흡착돼서 은색으로 굳어 가기 시작했다. 순식간에 눈앞에 거대한 금속 벽이 생겨났다. 이제 굳기만 기다리면 된다. 나와 은성은 초조하게 시간을 쟀다.

그때였다. 방 안쪽에서 기척이 들리더니 누군가 문을 밀었다. 아직 채 굳지 않은 금속이 마치 고무처럼 찌익 늘어났다. 열린 방문 틈으로 보인 건 시영의 추종자 중 하나인 재경이었다. 방금 자다 깼는지 질끈 묶은 긴 머리가 흐트러져 있었다. 재경은 문이 잘 열리지 않자 놀란 눈으로 바깥을 내다보았고, 문 앞에 서 있던 나와 눈이 마주쳤다. 재경의 얼굴이 새파랗게 질리더니 새된 목소리로 외쳤다.

"너, 너희, 지금 뭐 하는 거야? 시영아, 일어나 봐! 권이담이 무슨 짓을 꾸민 것 같아!"

재경은 반사적으로 몸으로 문을 밀면서 아이들을 깨웠다. 이내 시영과 덩치의 고함이 들렸다. 덩치는 제 몸으로 문을 마구 부딪쳤다. 금속이 채 마르기 전이라 더 세게 밀면 떨어져 나갈 것만 같았다.

다급해진 나는 문 옆에 있는 무거운 나무 장식장을 밀

어 넘어뜨렸다. 요란한 소리를 내며 넘어진 장식장을 나와 은성은 끙끙거리며 문 쪽으로 밀었다. 문 안쪽에서는 시영과 아이들이 필사적으로 문을 두드려 댔다.

"지금 무슨 짓을 하는 거야? 권이담, 너 이런 짓을 하고도 무사할 줄 알아? 내가 나가기만 하면 가만 안 둘 거야!"

시영이 연신 소리를 질렀다. 뱃속 깊은 곳에서 끌어올린 엄청난 분노가 느껴졌다. 괜한 일을 벌였나 후회도 했지만, 이미 엎질러진 물이었다. 접착제가 굳을 때까지 시간을 버는 수밖에 없었다.

"이담아, 이게 다 무슨 일이야?"

해우였다. 그 뒤로는 어리둥절한 표정으로 북쪽 아이들이 나와 은성을 내려다보고 있었다.

나는 두 팔로 장식장을 있는 힘껏 밀면서 외쳤다.

"긴 설명 할 시간 없어. 어서 빨리 장식장 좀 밀어 줘! 시영이랑 덩치가 나오면 끝장이야."

해우는 무슨 일인지 몰라 망설이는 듯했다.

나는 다시 해우에게 소리쳤다.

"우린 시영이와 같이 가지 않을 거야. 이제부터는 따로 움직일 거라고. 그러니까 너도 선택해! 나야, 시영이야?"

"내가 왜 너희 둘 중에 하나를 선택해야 하지?"

"뭐?"

날 내려다보는 해우의 눈동자가 서늘했다.

"지금 시영이를 배신한 것처럼 나도 배신하려고 했던 거 아니야?"

솔직히 할 말이 없었다. 아마도 시영이 있는 방을 성공적으로 막았다면, 다음은 해우네 방 차례였을 것이다.

쿵쿵. 방에서는 문을 아예 부수려는 것인지 네 아이가 한꺼번에 문을 향해 몸을 부딪쳤다. 툭툭, 금속 스프레이가 끊어지는 소리가 났다. 덩달아 장식장도 밀렸다. 우리가 사력을 다하는 것처럼 시영 쪽도 있는 힘을 다해 문을 밀고 있었다. 나와 은성의 힘만으로는 역부족이었다.

나는 다급하게 소리쳤다.

"지금은 가장 강력한 우승 후보인 시영이부터 낙오시켜야 해. 그래야 우리한테도 기회가 있어. 그다음에 나랑 싸우든지 말든지 해. 제발 도와줘!"

그 말에 여태 입술을 굳게 다물고 있던 해우가 마침내 뒤를 돌아보며 말했다.

"다들 여기 와서 문을 밀어!"

북쪽 아이들이 우르르 달려들었다. 모두 있는 힘껏 장식장을 문 쪽으로 밀었다. 문 하나를 사이에 두고 나오려는 쪽도 막으려는 쪽도 이를 악물었다. 시간이 얼마쯤 지나자 문 안쪽에서 미는 힘이 확연히 줄어들었다.

은성이 손목시계를 보더니 말했다.

"이제 그만 밀어도 돼. 완전히 굳은 것 같으니까 말이야."

나는 가까이 다가가 새롭게 생긴 은색의 금속 문을 두드려 보았다. 문과 벽을 구분할 수 없을 정도로 매끈했다. 방에서는 문을 부수려다 지친 덩치의 신음과 악에 받친 시영의 절규가 들려왔다.

암호

마을을 완전히 벗어날 때까지 그 누구도 입을 열지 않았다.

단단한 금속으로 봉해진 문 안에 갇힌 시영 일행이 자꾸 떠올랐다. 저대로 영영 빠져나오지 못하면 어떡하나 온갖 불길한 상상이 머릿속을 헤집었다.

사실 이렇게까지 할 생각은 없었다. 그저 시영보다 먼저 '천사의 별'을 찾아야 한다는 생각에 앞뒤 가릴 것 없이 접착제를 뿌렸다. 하지만 결과적으로 나는 사방이 벽에 둘러싸인, 출구 없는 감옥에 시영 일행을 가두고 말았다. 엄마를 구해야 한다는 절박함이 날 점점 잔인하게 만드는 것 같았다. 앞으로 내가 무슨 짓을 더 하게 될지 몰랐다. 하지만 지금은 그런 걸 고민할 때가 아니었다. 이 끔찍한 숲에서 최후의 1인이 되려면 지금보다 더 독해져야 했다. 나는 주먹을 꽉 쥔 채 아랫입술을 세게 깨물었다.

그런 내가 괴로워 보였는지 해우가 내 곁으로 다가와 말했다.

"시영이는 무슨 수를 써서라도 빠져나올 거야. 그러니까 다른 생각 할 필요 없어. 우린 지금 한시라도 빨리 두 번째 목적지를 찾아야 해."

담담한 해우의 말에 혼란스러웠던 마음이 조금은 가라앉았다. 좀 전의 서늘한 눈매는 다시 평소의 다정한 갈색 눈동자로 돌아와 있었다. 다시는 해우의 차가운 눈빛을 보고 싶지 않았다. 하지만 언젠가 해우와도 등을 돌려야 할 것이다. 그 순간을 상상하는 것만으로도 심장 부근이 저릿해졌다.

나는 자꾸만 약해지려는 마음을 떨쳐 버리려고 지도에 집중했다. 두 번째 빨간 점은 마을에서 2킬로미터 떨어진 중심지의 큰 건물 중 하나였다. 우리는 걸음을 서둘렀다.

"저기, 저 주황색 지붕 건물 아니야?"

누군가 기역 자로 맞닿은 건물을 가리켰다. 일반 집과
는 달리 정면에 자동 유리문이 있었고 그 위에 홀로그램
전광판이 깨진 채 걸려 있었다. 아마도 행정 센터로 사용
하던 건물인 듯했다. 우리는 기대감에 서둘러 걸었다. 하
지만 막상 도착하자 나침반은 다른 곳을 가리켰다. 그렇
게 몇 군데 더 큰 건물들을 돌아봤지만, 방향이 조금씩 달
랐다.

번번이 실패하자 아이들은 눈에 띄게 지쳐 갔다. 대부
분 감자와 물도 떨어진 상황이었다. 이럴 때일수록 목표
에 집중해야 했다. 나는 북동쪽에 있는 3층 건물을 가리키
며 바짝 말라붙은 입술을 달싹였다.

"이제 남은 건 저기뿐인 거 같아."

그건 마지막 희망이 될 수도, 절망의 시작이 될 수도 있
다는 뜻이었다. 빨리 확인하고 싶어서인지 아이들은 거의
뛰다시피 걸어갔다. 가까이 가서 보니, 넓은 공터에 녹슬
고 낡은 철봉, 정글짐 같은 오래된 운동기구들이 있었다.
그 너머로 한때는 알록달록했으나 이제는 칠이 벗겨져 흉
물스럽게 보이는 3층 건물이 서 있었다. 통일 이전에 존재

하던 전형적인 학교 모습이었다.

은성이 들뜬 목소리로 말했다.

"이것 봐! 나침반이 가리키는 방향이랑 일치해."

두 번째 목적지는 이 학교가 틀림없는 것 같다.

나와 은성은 운동장 쪽을, 해우 일행은 건물을 뒤지기로 했다. 교문부터 시작해서 운동기구 주변, 큰 나무 아래, 정체를 알 수 없는 동상 주변도 샅샅이 살폈다. 하지만 좀처럼 찾는 전파 증폭기는 나오지 않았다.

"꺄악!"

별안간 은성이 비명을 지르며 뒤로 나자빠졌다. 딱딱한 교훈이 적힌 표지석 아래를 뒤지고 있던 나는 비명에 놀라 돌아보았다.

"왜 그래? 뭘 본 거야?"

"뭔가 시커먼 그림자가 휙 지나갔어."

"설마 시영이가 벌써 뒤쫓아 온 건 아니겠지?"

"아, 아닌 것 같아. 애들이 입고 있는 옷이랑 달랐어."

하긴 이 촌스러운 노란색 죄수복은 헷갈릴 수가 없을 것이다. 시영 일행이 아닌 건 다행이었지만, 그렇다면 도대체 누구란 말인가. 은성의 비명을 들은 다른 아이들도 헐레벌떡 뛰어왔다. 다섯 명 모두가 한자리에 모였고, 그 중에 수상한 그림자를 봤다는 다른 아이는 없었다. 다들 불안한 듯 잔뜩 굳은 모습이었다.

그때였다.

땡땡땡땡 땡땡. 난데없이 금속 두드리는 소리가 귀청을 때렸다. 가뜩이나 팽팽하게 긴장하고 있던 아이들은 소스라치게 놀랐다. 은성이 다시 소리를 지르며 내 팔에 매달렸다. 나 또한 심장이 덜컥 내려앉는 것만 같았다. 온몸에 소름이 돋았다. 무서웠지만 애써 마음을 가다듬으며 소리의 정체를 찾아 두리번거렸다.

해우가 숨이 넘어갈 듯 다급하게 외쳤다.

"저기 옥상에서 뭔가 움직였어!"

해우가 가리킨 건 학교 옥상에 있는 시계 종탑이었다. 그걸 알아채자마자 시계 종탑 옆에 서 있던 실루엣이 후다닥 움직이는 것이 보였다. 해우가 망설이지 않고 바로 옥상으로 뛰었다. 나도 곧바로 해우 뒤를 따라붙었다. 우리는 앞서거니 뒤서거니 하며 옥상까지 한달음에 올라갔다.

하지만 이미 그곳에는 아무도 없었다. 그래도 포기하지 못했는지 해우는 옥상 여기저기를 뒤져 보았다. 한참

돌아다니던 해우는 마침내 지쳤는지 바닥에 주저앉아 한숨을 쉬며 말했다.

"누군가 옥상으로 우릴 유인한 거 아닐까?"

나는 옥상을 찬찬히 둘러보았다. 시간이 멈춘 것 같은 이곳에서 유독 이질감이 느껴지는 것이 눈에 띄었다.

"유인이 아니라, 안내한 거라면?"

"그게 무슨 말이야?"

나는 대답 대신 우뚝 서 있는 시계 종탑으로 다가갔다.

붉은색 벽돌로 된 길쭉한 사각형 탑이었다. 운동장을 바라보는 면에는 로마숫자를 새긴 원형 시계가 붙어 있었다. 두꺼운 먼지가 쌓인 시계는 오래전에 멈춘 듯 분침 하나가 떨어져 나간 상태였다. 탑 윗면 네 귀퉁이에는 흰색의 가느다란 기둥이 세워져 있고, 그 위에 삼각형 지붕이 얹힌 모양새였다. 네 기둥 사이로 지붕에 매달린 반짝이는 금속 종이 보였다.

아까 들었던 소리는 이 종을 두드린 소리인 듯했다. 묘한 이질감의 정체는 바로 이 종이었다. 수상한 그림자는 이 종을 울려 뭘 말하고 싶었던 걸까?

의아해진 나는 손을 뻗어 종을 슬쩍 밀어 보았다. 종이

땡 하고 소리를 내며 좌우로 흔들렸다. 그러자 종 아래에 있던 바닥이 드러났다. 흰색 기둥 아래 붉은 벽돌로 된 탑의 윗면이 보여야 하는데 이상했다. 평평해야 할 윗면 가운데가 움푹 파여 있었다. 마치 큰 구멍이 난 것 같았는데, 딱 종만 한 크기였다. 종이 가만히 있을 때는 가려졌던 것이 좌우로 움직이자 드러난 것이다.

심장이 걷잡을 수 없이 뛰었다. 나는 구멍에 손을 넣었다. 차갑고 딱딱한 것이 만져졌다. 손으로 더듬어 보니 직사각형의 상자였다. 미세한 구멍이 잔뜩 뚫린 동그란 금속판 같은 것도 만져졌다. 나는 손에 힘을 주어 상자를 꺼냈다. 동굴에서 본 것과 똑같은, 전파 증폭기였다.

"찾았어! 여기 전파 증폭기가 있어!"

놀란 해우가 내게로 다가왔다. 때마침 은성과 북쪽 아이들이 옥상으로 올라왔다. 여태 찾아 헤매던 것이 여기 있다는 소리에 우르르 몰려들었다.

막상 찾긴 했는데, 사실 이걸로 뭘 해야 할지는 나도 알 수가 없었다. 이리저리 전파 증폭기를 살펴보던 그때, 상자에 반짝 불이 켜졌다. 그러고는 지지지직 치익 하는 괴상한 소리가 또 흘러나왔다.

화들짝 놀랐지만 이번에는 도망가지 않았다. 누군가 옥상에 전파 증폭기가 있다는 걸 안내해 준 거라면, 이 안에 중요한 무언가가 있다는 의미였다. 나는 가만히 그 소리에 귀를 기울였다. 동굴에서 들었던 것과는 또 다른 패턴의 소리가 반복되는 것 같았다.

'이거 혹시……'

번뜩 어떤 생각이 떠올랐고, 그러자마자 벼락이라도 맞은 듯 온몸이 찌르르 울렸다.

"이 소리, 암호인 것 같아."

내게 암호는 낯설지 않았다. 이게 다 지명수배자인 엄마 덕분이었다.

열두 살 때였나. 그때 우리는 산 중턱의 버려진 집에서 숨어 살았다. 점점 더 물을 구하기 힘들어졌고, 엄마는 종종 밤늦게 돌아왔다. 그날도 으레 늦게 오나 보다 했다. 혼자서 하얗게 밤을 새웠지만 엄마는 오지 않았다. 다음 날도, 그다음 날도.

문제는 엄마와 내가 연락할 어떤 방법도 없다는 것이었다. 스마트폰은 도청당할 위험이 컸으므로 처음부터 사용하지 않아서, 기다리는 것 말고는 할 수 있는 게 아무것도 없었다.

먹을 것도 떨어졌고 이대로 엄마가 오지 않으면 어떻게 하나 싶어 점점 불안해졌다. 엄마가 절대 혼자 나가지 말라고 했지만, 더는 가만히 있을 수 없었다.

나는 집을 나와 무작정 산을 내려가기 시작했다. 반나절을 꼬박 걸어가자 빈민가 마을이 보였다. 낯선 아이가 꾀죄죄한 몰골로 서성대자 이상했는지 한 아저씨가 다가왔다.

"너 어디서 왔니? 부모님은 없어?"

"그, 그게……."

"배고파 보이는구나. 아저씨 집에 감자가 좀 있는데 같이 갈까?"

나는 친절한 아저씨에게 고개를 끄덕여 보였다. 아저씨가 내게 손을 내밀었다. 그 손을 맞잡으려는 순간, 누군가 내 손을 낚아챘다. 모자를 깊게 눌러쓴 엄마였다. 날 데리고 등을 돌리려는데, 아저씨가 갈퀴 같은 손으로 엄마의 어깨를 꽉 붙잡았다.

"당신, 어디서 본 것 같은데? 여기 사람은 아니고……

뉴스에서 본 건가?"

당황한 엄마는 아저씨를 확 밀치고 달리기 시작했다. 절대 놓치지 않겠다는 듯 내 손을 꽉 잡은 채였다. 가까스로 집으로 돌아오자마자 엄마는 화를 버럭 냈다.

"절대 혼자 밖에 나가지 말라고 했잖아! 길이 엇갈리면 어쩔 뻔했어. 아까 그 아저씨가 우릴 알아보고 신고라도 하면 어쩔 뻔했냐고?"

"아무 연락도 없이 3일이나 집에 안 온 게 누군데요? 엄마가 살았는지 죽었는지도 모르는데, 멍청하게 가만히 기다리고만 있으라고요?"

내가 바락바락 대들자 엄마는 미안하다고 했다. 3일 전 돔펠리스 외곽에서 갑자기 엄청난 규모의 시위가 일어나서 꼼짝달싹 못 했다는 것이다. 정부가 앞으로 한 가족당 최대 네 개의 물 배급권만 제공하겠다고 발표한 것이 문제였다. 사실상 물을 제한하는 정책이었다. 물론 돔펠리스 시민은 제외였다. 그렇게 되면 아이나 노인, 장애인처럼 약자인 사람들이 1순위로 버림받을 거라는 반대의 목소리가 높아졌다. 하지만 경찰은 무차별적으로 시위를 제압했고, 그 과정에서 많은 사람이 죽거나 다쳤다. 잡혀간이는 훨씬 많았다. 지명수배자인 엄마는 경찰에 잡히면 큰일이라 숨어 있다가 오늘 새벽에서야 겨우 빠져나왔다고 했다.

엄마는 앞으로 정부의 감시와 억압이 더 심해질 것 같다며 한숨을 쉬었다. 그러면서 이번 같은 일이 또 벌어질지도 모르니 비상 연락망이 필요할 것 같다고 했다. 엄마는 한참을 고민하다가 갑자기 좋은 생각이 났다는 듯 뭔가를 만들기 시작했다.

며칠 후 엄마가 내게 작은 구형 라디오를 내밀었다.

"앞으로 엄마가 외출할 때는 이 라디오를 항상 켜 놔. 무슨 일이 생기면 내가 만든 무선통신기기로 연락할게."

"라디오로 어떻게 연락을 한다는 거예요?"

엄마는 전파를 이용하면 연락을 할 수 있다고 했다. 그게 모스부호였다. 지금은 쓰는 사람이 없는 옛날 통신수단이라 암호로 적당하다며 내게 달달 외우도록 했다. 이후 엄마는 늦게 들어오거나 집을 급하게 떠나야 할 때, 만남 장소를 암호로 남기곤 했다.

옛 기억을 번쩍 떠올린 나는 아이들에게 설명했다.

"이거 아무래도 모스부호 같아. '지지지직' 하는 긴 잡음은 '쓰'고, '치익' 하는 짧은 잡음은 '돈'이야. 각 자음과 모음은 고유의 기호를 가지고 있어. 예를 들어 기역은 '돈쓰돈돈'이고, 니은은 '돈돈쓰돈'이야."

아이들은 어리둥절한 표정이었다. 은성만이 활짝 웃으며 반응했다.

"모스부호라면 나도 좀 알아. 과학 시간에 기술 통신의 역사에 대해 배웠거든. 200년 전에 만들어진 가장 기초적인 통신수단이잖아. 전류의 짧고 긴 차이만으로 통신할 수 있다는 게 신기해서 영어와 한글 부호를 다 외웠었어."

은성이 모스부호를 알고 있다니 정말 다행이었다. 나는 은성과 함께 동굴에서 들었던 소리를 떠올렸다. 워낙 순식간이라 듣지 못한 소리도 있어서, 빠진 부분은 추측할 수밖에 없었다. 처음에는 귀를 기울이던 아이들은 지쳤는지 곧 나가떨어졌다. 한참을 끙끙대던 끝에 마침내 동굴에서의 모스부호를 알아낼 수 있었다.

"이것 봐. 지지직 지지직 칙 칙 이건 '티읕'이야. 그다음은 치익 한 번이니까 모음 '아'고."

설명이 복잡했는지, 아이들은 고개를 내저으며 그냥

결론만 말해 달라고 했다.

"음, 그래. 우리가 해석한 바로는 동굴에서 들린 모스부호는 '탑' 그리고 '소리'야."

그러자 해우는 뭔가 퍼뜩 깨달았다는 듯 눈을 크게 뜨고는 외쳤다.

"탑과 소리라면…… 학교 옥상에 있던 시계탑과 종소리를 말하는 게 아닐까?"

"그렇지. 두 번째 전파 증폭기가 있던 장소를 가리키는 것 같아. 내 생각엔 우리가 첫 번째 암호를 못 풀고 옥상을 지나쳤기 때문에 누군가 종을 울려서 알려 준 게 아닐까 싶어."

내 말에 해우가 이해되지 않는다는 얼굴로 물었다.

"우리를 돕는다고? 누가, 왜?"

"나도 잘 모르겠어. 어쩌면 이 안에 반군이 아닌 제삼자가 있는 건지도 몰라. 그들이 친구인지 또 다른 적인지는 알 수 없지만."

"아직 우리를 공격하지 않았다는 건 우호적이라는 뜻 아닐까?"

"그렇다고 마음을 놓을 순 없어. 우릴 돕는 의도를 알 수 없으니까.”

내 말에 아이들이 고개를 끄덕였다.

“그건 세 번째 지점까지 가 보면 알 수 있겠지. 그나저나 옥상에서 들은 암호는 뭐야?”

해우의 질문에 은성이 입을 열었다.

“여긴 정확하게 들려서 쉽게 풀었어. ‘지지직 칙 지지직, 지지직 칙, 지지직 칙 지지직.’ 즉, ‘용’이랑 나머지 단어는 ‘그림자’야.”

“용이랑 그림자라고? 와, 이번에는 감도 안 잡히네. 분명 어떤 장소를 알려 주는 걸 텐데. 아무래도 세 번째 목적지에 가 봐야 알 수 있겠지?”

해우의 표정이 한껏 밝아졌다. 아이들은 두 개의 암호를 푼 것만으로도 목적지에 가까워진 것처럼 느꼈는지 희망찬 얼굴이었다.

하지만 나는 알 수 없는 불안으로 자꾸만 가슴이 울렁거렸다. 여전히 서찬열 중령의 메시지를 전달한 아이가 누구인지, 엄마의 것과 똑같은 펜던트의 정체는 무엇인지 알 수 없었다. 게다가 폐가와 학교에서 본 검은 실루엣은 또 누구란 말인가. DMZ에는 우리만 있는 줄 알았는데, 정체를 알 수 없는 것들이 가득했다. 더구나 그들이 적인지 동지인지 알 수 없어 더욱 혼란스러웠다. 하지만 나는 두려움과 혼란을 드러내지 않았다. 이 숲에서 약해 보여서는 안 된다.

나는 해우를 향해 웃어 보였다.

"그럼. 세 번째 암호까지 풀면 분명히 길이 보일 거야."

암호를 풀 수 있는 건 나와 은성뿐이었다. 해우와의 동맹도 그때까지는 견고할 것이다.

절망

좀처럼 잠들 수 없을 것 같았으나 눕자마자 피곤이 몰려왔다. 바닥이 차갑고 딱딱했지만 이렇게라도 쉴 수 있어서 다행이라는 생각이 들었다.

운동장 한구석에 있던 실내 체육관에서 밤을 보내자는 건 해우의 생각이었다. 한시라도 빨리 '천사의 별'을 찾고, 조금이라도 더 시영의 추격에서 멀어지고 싶었던 나는 반대했다. 하지만 어둠 저편에서 들려오는 늑대 울음소리 때문에 더 나아갈 수는 없었다.

우리는 주 경기장이 있는 1층 대신, 농구코트가 있는

2층에 자리를 잡았다. 혹시라도 누군가 침입한다면 시간을 벌 수 있으리라 생각해서였다.

2층 출입구 문을 꼭 닫고는 한 명씩 돌아가며 경계를 서기로 했다. 해우가 '태기 형'이라고 부르는 열여덟 살의 북쪽 출신 소년이 첫 차례였다. 태기 형이 보초를 서는 동안 나는 배낭을 베고 누웠다. 눈을 감자마자 몸이 땅속으로 쑥 꺼지는 것 같더니 곧 캄캄한 어둠이 찾아왔다.

어둠 저편에 철조망이 있었다. 잔뜩 녹슨 검붉은 가시가 금방이라도 찌를 듯 날카로웠다. 그 아래를 아슬아슬하게 기어가는 엄마를 따라 나도 엎드렸다. 무릎으로 흙바닥을 한참이나 기었지만 엄마를 좀처럼 따라잡을 수가 없었다.

초조함에 속도를 올렸다. 그러나 철조망은 좀처럼 끝이 보이지 않았다. 마치 영원히 벗어날 수 없는 가시덤불에 갇힌 것 같았다. 극도의 공포감이 밀려와 숨을 제대로 쉴 수 없었지만 멈출 수는 없었다. 간신히 엄마 등에 손이 닿을 만큼 가까워졌나 하는 순간, 어디선가 새까만 그림자가 몰려와 엄마를 덮쳤다. 형체를 알 수 없는 것에게 끌려가는 엄마는 악을 썼다. 이담아, 어서 도망가. 나는 엄마를 쫓아가지도 그렇다고 도망가지도 못한 채 그대로 굳어버리고 말았다. 난 그저 겁에 질린 어린아이에 불과했다. 아무것도 할 수 없다는 좌절감으로 미칠 것 같았다.

그때 그림자가 멈추나 싶더니 어둠 속에서 얼굴 하나가 스윽 다가왔다. 짙은 눈썹에 한쪽 입가를 비틀어 올리며 웃는 군인의 얼굴. 서찬열 중령이었다. 온몸에 벌레가 기어가는 듯 소름이 끼쳤다.

"엄마를 구하고 싶지? 그럼 '천사의 별'을 가지고 와. 넌 할 수 있을 거야. 이담이 너라면 말이야."

그 얼굴이 멀어지자 아무것도 없었다. 철조망도, 엄마도, 그림자도. 텅 빈 어둠만이 나를 노려보았다. 어느새 나는 위도 아래도 없는 어둠 한가운데 혼자 떠 있었다. 꼭 어둡고 차가운 우주에 홀로 버려진 것 같았다. 막막하고 두려웠다. 소리를 질렀지만, 목소리가 나오지 않았다. 소리마저 삼킨 어둠이 나까지 집어삼킬 것만 같았다. 나는 소리 없는 비명을 지르다 눈을 번쩍 떴다.

꿈이었다. 실제 기억과 뒤섞인 꿈. DMZ 철조망에서 엄마가 잡혀갈 때 서찬열 중령이 그랬다. 나라면 '천사의 별'을 찾을 수 있을 거라고. 나를 처음 봤으면서 대체 왜 그런

154

말을 한 걸까. DMZ에 들어와서도 이상한 점은 한두 개가 아니었다. 버려진 마을에서 나만 빛을 보았으며, 암호는 엄마와 내가 쓰던 모스부호였다. 꼭 누군가 내게 길을 인도하고 있는 것처럼 말이다.

여러 생각으로 머릿속이 혼란스러웠다. 도리질하며 더 자야겠다고 생각하는 순간, 어둠 속에서 요란한 소리가 들려와 몸을 발딱 일으켰다. 하지만 그보다 먼저 누군가의 실루엣이 내게 덤벼들었다. 피할 새도 없이 배에 묵직하고 뜨거운 통증이 느껴졌다. 갑작스러운 발길질에 신음을 토해 내며 몸을 구부렸다. 그 틈에 누군가 내 배낭을 홱 낚아챘다. 고통으로 숨이 잘 쉬어지지 않았다. 사방에서 비명과 쿵쿵거리는 소리가 울렸다.

"이거 놔! 이거 놓으라고!"

은성의 비명이 들렸고, 잠시 후 손전등 여러 개가 동시에 켜졌다. 주변이 환해지자 비로소 무슨 일이 일어났는지 알 수 있었다. 문 앞에는 경계를 서던 북쪽 아이가 쓰러져 있었고, 그 옆에서 덩치와 세진이 해우와 엎치락뒤치락 몸싸움 중이었다. 나랑 체격이 비슷한 재경 또한 달아나는 북쪽 아이를 쫓아가고 있었다.

시영은 은성의 목에 칼을 들이대고는 날 노려보았다. 분노로 이글거리는 눈빛이 소름 끼쳤다. 그런데 시영의 꼴이 말이 아니었다. 얼굴뿐 아니라 노란 죄수복에도 검은 재가 잔뜩 묻어 있었다. 불에 그슬린 듯 머리끝도 조금 탄 것 같았다. 칼을 쥐고 있는 하얀 손등에는 얼마 전에 생긴 것 같은 붉은 화상 자국이 선명하게 보였다. 그러고 보니 덩치와 남쪽 아이들도 얼굴과 옷에 시커먼 재를 묻힌 채였다. 방을 빠져나오기 위해 불이라도 지른 건가 싶었다. 방 안에 불을 낼 만한 것이 있었는지는 둘째 치고, 어떻게 불로 탈출한 건지 의아했다. 그러나 길게 생각할 겨를은 없었다.

갑작스러운 습격에 우리 쪽이 일방적으로 밀리고 있었다. 당황한 내 눈에 바닥에 뒹굴고 있는 야구 배트가 보였다. 나는 바닥으로 미끄러지듯 다이빙해서 야구 배트를 잡았다. 그러고는 곧바로 시영에게 달려들었다. 놀란 덩치가 해우와 싸우다 말고 시영의 이름을 부르며 몸을 돌렸다.

"안 돼! 시영이는 건들지 마!"

"멍청아, 오지 마! 권이담 정도는 내가 알아서 해."

시영이 즉각 소리쳤지만 들리지 않는지 덩치는 커다란 몸을 흔들며 내게로 직진했다. 좀 전까지 싸우던 덩치가 갑자기 내게로 달려오자 해우는 뛰어올라 그의 등을 걷어찼다. 덩치는 균형을 잃고 비틀거리면서도 멈추지 않았다. 나는 살짝 몸을 틀면서 야구 배트를 아래쪽으로 휘둘렀다. 다리를 세게 가격당한 덩치가 비명을 지르며 주저앉았다.

그때였다.

"해우야! 피해!"

해우의 이름이 들리자 나도 모르게 고개가 돌아갔다. 보초를 서다가 습격을 받아 쓰러졌던 태기 형이었다. 필사적으로 달려가는 그의 시선 끝에 해우가 있었다. 그 뒤에서 칼을 든 세진이 제정신이 아닌 듯 으아아아, 소리를 지르며 달려들었다. 덩치를 공격하느라 등을 보인 해우는 반격할 겨를이 없어 보였다. 허공에서 칼날이 번뜩였다.

외마디 비명을 내지르며 달려갔지만 세진의 손이 먼저 움직였다.

"아아악! 안 돼!"

내 외침은 우당탕 소리에 파묻히고 말았다. 태기 형이

칼을 든 세진에게 제 몸을 부딪쳤다. 그 힘에 셋은 뒤엉킨 채 창가까지 밀려갔다. 잠시 뒤 세진이 몸을 일으키더니 놀란 눈으로 제 손을 내려다보았다. 온통 피투성이였다. 그 옆에서 피를 뒤집어쓴 해우가 어리둥절한 표정으로 제 몸을 살피다 고개를 돌렸다. 쓰러진 태기 형의 몸에서 붉은 피가 솟구쳤다.

해우가 미친 듯이 부르짖었다.

"형! 태기 형!"

태기 형은 간신히 고개를 들어 제 몸에서 울컥울컥 쏟아져 나오는 피를 내려다보았다. 비틀거리면서도 몸을 일으키려고 애썼다. 겨우 일어서나 했지만, 곧 무릎이 꺾였다. 균형을 잃은 태기 형은 손을 허우적거렸다. 그러더니 반쯤 깨진 창문 쪽으로 몸이 기울었다. 해우가 필사적으로 손을 내밀었지만, 끝내 잡지 못했다. 태기 형의 몸은 창문 너머로 떨어지고 말았다. 쿵 하는 둔탁한 마찰음이 들리자 갑자기 정적이 흘렀다.

언젠가 서로에게 칼을 겨눌 날이 올 거라고 생각했지만 이렇게 빨리 올 줄은 몰랐다. 또 한 명이 죽고 말았다. 태기 형이 막지 않았다면 해우가 죽었겠지. 충격으로 온몸에 힘이 빠졌다. 그러는 바람에 손에서 배트가 미끄러지며 바닥을 굴러갔다. 챙그렁 소리에 멍하니 창밖을 보고 있던 해우가 몸을 돌렸다.

"으아아아아! 이 살인자 새끼!"

해우는 부들부들 떨리는 손으로 내가 떨어뜨린 배트를 주워 들고 세진에게 돌진했다. 해우가 무서운 광기를 내뿜자 겁을 먹은 세진이 멈칫했다.

그러자 시영이 악을 썼다.

"정신 차려! 여기서 밀리면 끝장이야."

그 소리에 덩치와 세진의 표정도 돌변했다. 어느새 북쪽 아이 하나를 넘어뜨린 재경이 합세했다. 그들은 단도를 고쳐 쥐고 해우에게 덤볐다. 나는 해우를 돕기 위해 달려갔다.

하지만 시영도 가만있지는 않았다. 엄청난 속도로 뛰어와 내 등을 걷어찼다. 난 앞으로 고꾸라졌고, 시영이 다시 공격해 왔다. 떨고 있던 은성도 시영을 밀치고는 나를 일으켰다. 은성과 나는 필사적으로 저항했으나, 곧 항복할 수밖에 없었다. 시영이 단도로 내 목을 겨누었기 때문이다.

그러는 동안 해우도 밀리고 있었다. 우리에게는 대항할 만한 게 아무것도 없었다. 나처럼 다른 애들도 이미 배낭을 뺏긴 듯했다. 마침내 해우가 팔에 상처를 입고는 야구 배트를 떨어뜨렸다. 그걸로 끝이었다. 모두 사로잡히고 말았다.

나와 아이들은 1층으로 질질 끌려갔다. 덩치는 주 경기장 한가운데 있는 기둥에 우리 넷을 단단히 비끄러맸다. 꼼짝달싹도 할 수 없는 내 앞에 시영이 섰다. 치밀어 오르는 분노로 얼굴은 벌겋게 달아올라 있었다. 시영은 어떻게 화풀이를 해야 좋을지 생각하는 듯 입술을 꽉 깨물고 나를 노려보았다.

덩치가 우리에게서 뺏은 배낭을 시영에게 건넸고, 그걸 살펴보던 시영이 뭔가를 발견한 듯 눈을 치켜떴다. 그러더니 기분 나쁘게 발끝으로 내 어깨를 툭툭 차며 입을 열었다. 소름 끼칠 정도로 차가운 목소리였다.

"권이담, 이번에는 제법이었어. 빠져나오느라고 진짜 애 좀 먹었거든. 그래서 결심했지. 여기서 나가기면 하면 널 죽여 버리겠다고 말이야."

무표정한 얼굴로 저런 이야기를 아무렇지도 않게 하는

시영의 모습에 두려움이 치솟았다.

"하지만 반나절도 못 돼서 잡힌 걸 보니 그럴 생각이 싹 사라지네. 너 따위를 진심으로 죽이겠다고 덤비는 건 너무 꼴사납잖아. 진짜 라이벌도 아닌데 말이야. 게다가 너한테 홀랑 넘어간 멍청한 북쪽 애들도 싹 다 죽이려니 귀찮기도 하고. 그러니까 마지막 기회를 줄게."

시영은 지도의 뒷면을 내 얼굴 가까이에 들이밀었다. 거기에는 나와 은성이 모스부호를 푸느라 끄적거려 놓은 메모가 있었다. 난 놀란 숨을 훅 들이켰다.

"용과 그림자라⋯⋯. 이거 암호 같은 거지?"

"암호라니. 그런 게 있을 리가 있겠어?"

애써 모르는 일인 척 말했지만, 내 표정이 변한 걸 눈치 챘는지 시영이 피식 웃었다.

"맞네, 암호."

묶인 아이들이 다들 움찔했다. 시영이 아이들을 쭉 둘러보며 말했다.

"자, 이제 아까 말한 마지막 기회가 뭔지 말해 줄게. 난 너희 중에 딱 한 사람만 데려갈 생각이야. 날 배신한 건 눈감아 준다는 얘기지. 단, 지금까지 푼 암호가 뭔지 알려 주고, 동시에 세 번째 암호를 풀 수 있는 사람이어야 해."

시영이 제시한 조건에 맞는 사람은 나와 은성밖에 없었다. 그걸 알 리 없는 시영은 북쪽 출신이라도 상관없다며 해우를 떠보기도 했다. 하지만 우리가 아무도 나서지 않자 시영이 얼굴을 찌푸렸다.

"와……. 너희 그새 친구라도 된 거야? 설마 의리 같은 걸 지키겠다고 마지막 기회를 저버리려는 건 아니겠지? 여기 올 때 보니까 굶주린 늑대가 한두 마리가 아니었던 것 같은데. 이렇게 피 냄새를 풍기면 묶인 채 꼼짝도 못 하는 인간 넷을 발견하는 건 시간문제겠지. 늑대들한테 오늘은 잔칫날이겠는걸, 안 그래?"

시영의 말에 덩치가 대답이라도 하듯 큭큭 웃었다.

그제야 왜 우리를 굳이 1층까지 끌고 내려왔는지 알 것 같았다. 우릴 죽이지 않겠다고 하더니, 그건 제 손으로 죽이지 않겠다는 것에 불과했다. 대체 어떻게 살았으면 저렇게까지 냉혹해질 수 있는지 궁금했다. 살인미수로 감옥에 들어왔다는 소문이 진짜일 수도 있겠다는 생각에 온몸이 떨려 왔다.

"뭐, 다 같이 죽고 싶은 거라면 마음대로 해."

시영이 차가운 표정으로 마지막 말을 내뱉고는 등을 돌렸다.

"내, 내가 알아."

기어들어 가는 목소리로 시영을 부른 건 은성이었다. 나는 너무 놀라 은성을 돌아보았다.

"은성아, 너 지금 무슨 말을 하는 거야?"

당황한 내 목소리가 갈라졌다. 하얗게 질린 얼굴로 덜덜 떨고 있는 은성이 내 눈을 피했다. 시영이 반색을 하며 은성에게로 다가갔다.

"암호를 풀 수도 있고?"

"으응. 그거 전파 증폭기에서 나온 잡음을 모스부호로 바꾸면 돼. 나랑 이담이만 할 수 있어."

시영은 나를 힐끗 보더니 피식 웃었다. 그러고는 은성을 묶은 밧줄을 풀어 주었다.

"강은성, 잘 생각했어. 너처럼 똑똑한 애가 왜 저런 애들하고 어울렸는지 지금도 이해가 안 되지만…… 뭐, 어때? 지금부터는 함께 가는 거야. 우리 둘이라면 '천사의 별'을 금방 찾을 수 있을 거야."

둘이서 찾자는 말에 덩치의 얼굴이 묘하게 일그러졌

다. 하지만 곧 표정을 지운 덩치는 묵묵히 우리에게서 빼앗은 배낭에서 남은 식량과 도구들을 꺼내 자기 배낭에 집어넣었다. 그러는 동안 시영은 빼앗은 지도를 우리 눈앞에서 갈가리 찢어 버렸다. 마지막 희망까지 완전히 짓밟아 버린 것이다.

"우리 여기서 작별 인사 할까? 앞으로 다시는 볼 일 없겠지. 그래도 권이담 네가 있어서 좀 재미있었다. 그럼 마지막 밤은 남은 친구들끼리 즐겁게 보내길 바랄게."

시영은 묵직해진 배낭을 메고는 문으로 향했다. 덩치와 남쪽 아이 둘 그리고 어깨를 축 늘어뜨린 은성이 뒤를 따랐다. 은성은 가장 믿었던 친구였다. 이 안에 서찬열 중령의 메시지를 전달한 아이가 있다고 의심했을 때에도 은성만은 믿었었다. 화가 치밀어 올랐고, 숨이 잘 쉬어지지 않았다.

가슴이 답답해진 나는 그들의 등에 대고 소리를 빽 질렀다.

"내가 무슨 일이 있어도 뒤쫓아 갈 테니까 아쉬워하지 않아도 돼. 그리고 누가 '천사의 별'을 찾는지는 끝까지 두고 보라고!"

무슨 배짱으로 그런 말을 했는지 알 수 없었다. 그저 이 대로 포기할 수가 없었다. 중령이 보낸 홀로그램 카드에서 봤던 엄마의 모습이 자꾸 떠올랐다. 어떻게든 그의 손 아귀에서 엄마를 구해 내야만 했다. 하지만 구출은커녕 당장 내가 여기서 벗어날 방법도 없었다. 그러니까 그건 시영에게 소리친 게 아니라 절망하지 않으려고 나 자신에게 외치는 말 같은 거였다.

시영은 발악하는 나를 뒤돌아보더니 같잖다는 얼굴로 웃었다. 덩치가 내게 욕설을 퍼부으며 달려들려는 걸 시영이 말렸다.

"날 쫓아오려면 늑대부터 이겨야 할 거야. 묶인 상태로 그게 가능할 진 모르겠지만."

시영은 그 말을 남기고는 체육관을 빠져나갔다. 은성은 경직된 얼굴로 자꾸만 날 돌아보았다. 나는 입술을 앙 다물며 고개를 돌렸다.

마침내 그들의 모습이 다 사라지고 열린 체육관 밖으로는 텅 빈 어둠만이 날 노려보고 있었다. 아우우우, 가까운 곳에서 늑대의 울음이 들렸다. 시영의 협박은 진짜였다.

이름

마음이 급해진 우리는 묶인 밧줄을 풀어 보려 온갖 애를 썼지만 소용이 없었다.

체육관의 열린 문으로 서늘한 밤공기가 밀려들었다. 다들 지쳐서 말이 없어졌다. 어둠이 눈에 익어서 달빛마저 밝다고 생각할 때쯤 멀리서 이름 모를 풀벌레가 울었다. 금방이라도 피가 배어날 것처럼 입술을 꽉 깨문 해우의 옆얼굴이 달빛에 비쳤다. 가슴이 저릿했다.

갑자기 북쪽 아이가 으흐흑, 울음을 토했다. 무섭다고, 여기서 죽고 싶지 않다고 울부짖었다.

내내 말이 없던 해우가 고개를 들었다.

"난 말이야. 바깥에 날 기다리는 동생이 있어."

해우의 목소리가 어두운 체육관 안에서 울렸다.

"동생은 목이 말라 늘 칭얼거렸어. 비쩍 마른 녀석이 매일 우니까 견딜 수가 없더라. 전쟁이 일어난 것도 아닌데 우리는 집을 버리고 피난을 가야 했어. 물을 찾으려고. 그런데 남쪽 사람들은 우리를 자기네 물과 음식을 갉아먹는 벌레처럼 취급했어. 친척이라는 사람은 사기를 쳤고, 부모님은 그걸 만회해 보겠다고 뛰어다니다 사고를 당했지. 금방이라도 숨이 넘어갈 것 같은 동생과 단둘이 남겨졌는데 어찌나 막막하던지. 그때 날 도와준 사람이 태기 형이었어."

해우는 턱을 들어 창가를 가리켰다. 그래서 그렇게 절규했던 거였나. 어두워서 잘 보이지도 않는데 해우의 눈에 붉게 핏발이 서 있는 것 같았다.

"왜 도와주냐니까 그냥 같은 자강도 출신이어서 그랬대. 자기는 가족이 없으니까 우리끼리 가족이 돼 주자고. 그 뒤로 형이랑 같이 팀을 이뤄서 물을 훔쳤어. 돔팰리스에서 흘러나온 하수구 물을 몰래 가져다가 팔았어. 그 더러운 물도 필터로 걸러서 파는 불법 조직이 있었거든. 하지만 꼬리가 길면 잡힌다고, 결국 들키고 말았어. 나와 태기 형은 내 동생을 거둬 주는 조건으로 모든 죄를 뒤집어쓰고 감옥으로 왔던 거고."

해우가 이렇게 길게 이야기하는 모습은 처음이었다. 흐느끼던 아이도 처음 듣는 이야기였는지 잠자코 귀를 기울였다.

"난 말이야, 무슨 수를 써서라도 반드시 돌아갈 거야. 가서 동생도 다시 만나고, 성진이 할머니도 병원으로 모셔 갈 거야. 그리고…… 정원에 나무도 심을 거야. 그게 태기 형 소원이었어. 돔팰리스에 가면 정원이 딸린 집을 갖고 싶다고. 거기서는 감자를 심지 않고 꽃나무를 심고 싶다고 했어. 정원 가운데에는 자기랑 이름이 똑같은 박태기나무를 심겠다더라. 봄이면 진홍색 꽃이 예쁘다고 자랑했어. 실제로 본 적도 없으면서……."

울컥했는지 해우가 잠시 말을 멈추었다. 눈물을 참는 듯 오래 천장을 바라보더니 잠긴 목소리로 말을 이었다.

"그러니까 지금은 슬퍼도 참고, 무서워도 참아. 우리, 여기서 빠져나갈 생각만 하자."

마지막 말을 하며 해우는 고개를 왼쪽으로 돌려 나를 바라보았다. 나도 고개를 돌려 마주 보았다. 해우가 슬픔을 억누르며 단단한 미소를 지었다.

감옥에서도 해우는 단단한 아이였다. 그 강함 때문인지 주변에는 늘 사람이 많았다. 하지만 해우는 북쪽 아이였고, 나는 무리에 끼지는 못해도 남쪽 출신이었다. 우리는 어울릴 일이 없었다.

늘 일정한 거리를 두었던 해우와 내가 딱 한 번 서로의 이름을 불러 준 적이 있었다. '소년들의 날' 최종 테스트 날이었다.

나는 여왕벌 시영과 일벌들에 대한 분노를 자양분 삼아 테스트를 전부 통과했다. 하지만 최종 단계는 지금까지와는 달랐다. 대결 종목은 겨루기였다. 인공지능이 무작위로 두 사람을 대결시켜 지는 쪽이 탈락이었다. 어떤 무기를 사용해도 무방했다. 물론 치명적인 상처를 피하기 위한 연습용 무기였다.

그런데 최종 테스트를 삼십 분 앞두고 은성이 갑자기 사라졌다. 걱정된 나는 은성을 찾아 밖으로 나왔다. 은성

의 이름을 작게 부르며 여기저기 돌아다니는데 어디선가
속삭이는 듯한 낮은 목소리가 들려왔다. 시영과 교도관이
었다. 시영이 감자가 잔뜩 든 바구니를 건네며 뭔가를 부
탁하고 있었다. '소년들의 날' 테스트도 뇌물로 통과할 작
정인 듯했다. 욕지거리를 간신히 삼키고는 다시 귀를 기
울였다. 입이 헤벌쭉 벌어진 교도관은 이 많은 감자가 어
디서 났느냐고 물었다.

　"교도관님이 엄청 싫어하는 류해우 말이에요. 북쪽 애
들이 걔 믿고 그렇게 기고만장한 거잖아요. 감자도 얻고,
류해우도 한 번에 보낼 수 있는 기막힌 계획을 세워 뒀다
고요. 류해우, 걔 지금 창고로 가고 있을 거예요. 문을 열
자마자 방범 사이렌이 울리도록 해 놓았으니 바로 잡힐
거고요. 없어진 감자는 감자 도둑에게 물어보겠죠."

　가슴이 철렁했다. 해우와는 말 한 번 나눠 본 적 없는
사이였지만 그렇게 누명을 쓰게 둘 수는 없었다. 나는 정
신없이 창고로 뛰었다. 그리고 해우가 문을 열기 직전 그
의 이름을 불렀다. 놀라서 돌아보는 해우의 손을 낚아채
고는 그 자리를 빠져나왔다. 나는 숨을 몰아쉬며 시영의
계략을 전했다. 해우는 놀란 표정을 짓다가 곧 냉정을 되

찾았다. 시영의 패거리에게 매수된 북쪽 아이가 있었던 모양이라고 쓸쓸하게 웃었다.

　나와 해우가 테스트 장소에 함께 들어서자 시영은 벌레 씹은 표정이었다. 그사이 은성은 돌아와 있었다. 무슨 일인지 반쯤 넋이 나간 듯 불안한 얼굴이었다.

　드디어 '소년들의 날' 최종 테스트가 시작됐다. 예상대로 해우와 덩치 그리고 시영은 순조롭게 대결에서 이겼다. 그리고 놀랍게도 은성도 이겼다. 은성의 상대가 사막 생존 테스트에서 부상을 당해 꼴찌로 통과한 최약체였기 때문이다.

　가볍게 이기고 들어온 은성은 내 귀에 대고 작은 목소리로 말했다.

　"전산실에서 해킹했어. 누가 최종 대결에 올라올지, 또 누가 최약체인지는 바로 직전에야 알 수 있으니까."

　평소 은성은 교도관들이 필요로 할 때 전산실 업무를 해 왔다. 일하는 틈틈이 '소년들의 날' 테스트를 통과할 수 있는 준비를 해 온 것이다. 아무튼 대단한 녀석이었다.

　다행히 내 상대는 해볼 만한 수준이었다. 한 살 많긴 했지만 나와 비슷한 체격을 가진 여자애였다.

시합 직전, 시영이 다가와 그 애 귀에 대고 속닥거렸다. 불안한 마음을 누르며 신중하게 무기를 골랐다. 나는 가볍고 긴 창을 골랐고, 그 애는 끝이 살짝 휜 검을 골랐다. 한창 겨루던 중 나는 휘청거리며 넘어졌다. 그 순간을 놓치지 않고 상대가 칼을 휘둘렀다. 나는 바닥을 한 바퀴 구르며 가까스로 칼을 피했다. 그런데 바람을 가르는 칼 소리가 심상치 않았다. 그 애의 얼굴에 살기가 느껴졌다. 섬뜩했다. 여자애가 높이 쳐든 칼끝이 반짝 빛났다.

"권이담, 조심해! 그거 진짜 칼이야!"

해우의 목소리였다. 정신이 번쩍 든 나는 재빨리 창을 들어 칼을 막았다. 챙그렁, 불꽃이 튀었다. 맙소사, 진짜 칼이 어디서 난 걸까. 나는 심판을 보았지만 그는 모른 척 얼굴을 돌렸다. 시영에게 감자를 받았던 그 교도관이었다. 제길, 시영이 부탁했던 게 이거였구나. 누군가 쓰러지기 전에는 이 시합이 멈추지 않을 거였다.

"권이담, 무기를 바꿔. 칼을 이길 수 있는 걸로."

해우가 안타깝다는 듯 다시 소리쳤다. 나는 재빨리 몸을 일으켰고 상대방의 무기 거치대로 뛰었다. 거기서 묵직한 도끼를 꺼냈다. 예상대로 진짜 도끼였다. 당황한 그 애는 나를 향해 칼을 휘둘렀고, 나는 도끼를 들어 칼을 내리쳤다. 챙강, 칼이 부러졌다.

난 도끼를 바닥에 버리고 달려들었다. 그러고는 멍하니 서 있는 그 애의 턱을 차올렸다. 털썩 쓰러진 그 애 뒤로 얼굴을 일그러뜨린 시영이 보였다. 그리고 환호하는 해우의 모습도.

그때부터였다. 해우가 자꾸 눈에 띄었다. 그 애의 이야기가 궁금했다. 이렇게 묶인 상태에서 듣게 될 줄은 몰랐지만. 엄마를 구해야 하는 나만큼이나 동생과 죽은 친구들의 소원을 짊어진 해우도 힘겨워 보였다. 우리 둘 다 그 무게가 너무 무거워 좌절이라는 단어조차 떠올릴 수 없다는 건 오히려 다행인지도 몰랐다.

우리는 다시 묶인 팔을 풀어 보려고 안간힘을 썼다. 늑대 울음소리가 아까보다 더 가까워진 것 같았다. 들어 보니 한두 마리가 아니었다.

"피 냄새를 맡고 늑대가 몰려드나 봐. 늑대는 무리 지어 움직이는데 큰일이네."

내가 다급하게 말하자 해우와 북쪽 아이도 동요하며

밧줄을 풀어 보려고 팔에 잔뜩 힘을 주었다. 그러는 동안에도 늑대의 울음소리는 점점 커졌다. 초조했다.

그때 문 바깥에서 이상한 소리가 났다.

쓰윽 쿵. 쓰윽 쿵.

뭔가 질질 끄는 소리와 딱딱한 것을 두드리는 듯한 둔탁한 소리였다. 소리는 반복적으로 들렸고, 점점 커졌다. 어깨가 잔뜩 움츠러들면서 심장박동이 빨라졌다.

"무, 무슨 소리지?"

겁에 질린 북쪽 아이가 더듬거렸다.

"모르겠어. 그렇지만 늑대는 아닌 것 같아."

해우도 떨리는 목소리였다. 정체를 알 수 없는 소리는 점차 가까워졌다. 가까워진 건 소리만이 아니었다. 달을 등진 기괴한 그림자가 체육관 안으로 길게 드리워졌다. 그 뒤로 컹컹 짖는 늑대 소리가 바짝 따라왔다. 달빛에 번뜩이는 늑대의 노란 눈빛이 보였다.

쓰윽 쿵.

기괴한 그림자가 마침내 열린 문 앞에 모습을 드러냈다. 으악, 비명을 지르자마자 동시에 늑대가 이쪽으로 뛰어들었다. 그림자가 늑대를 끌고 온 것일까. 나는 눈을 질끈 감았다. 이제 모든 것이 끝이었다. 곧 늑대의 날카로운 이빨이 살갗을 파고들 것이다. 엄마를 구하지도 못했는데, 눈물이 새어 나왔다.

하지만 끼이익 하고 다급하게 문 닫히는 소리가 들렸다. 뒤이어 헉헉대는 숨소리가 귓가에 닿았다. 늑대가 닫힌 문에 몸을 부딪혔는지 쿵 소리와 함께 길게 울었다. 안으로 들어오지 못해 화가 난 것 같은 울음이었다.

나는 눈을 떴다. 닫힌 문에 기대서 헐떡거리고 있는 건 사람이었다. 그 사람은 굵은 막대를 지팡이처럼 짚고는 다리를 스윽 끌며 다가왔다.

해우가 놀라서 소리쳤다.

"형! 태기 형! 살아 있었구나!"

힘겹게 다리를 끌고 온 태기 형은 해우 옆에 주저앉았다. 피를 많이 흘려서인지 얼굴이 창백했다.

"인마, 내가 그렇게 쉽게 죽을 놈이냐? 다행히 급소는 피한 것 같아. 오히려 창밖으로 떨어진 게 다행이지. 다들 내가 죽은 줄 알고 그냥 갔잖아. 덕분에 두 손은 이렇게 자유로운 거고."

노란 죄수복 상의가 거의 피로 물들어 있는데도 태기

형은 두 손을 펼쳐 보이며 웃었다. 마주 보며 웃어 주던 해우의 시선이 문득 멈췄다. 태기 형의 오른쪽 다리가 바깥으로 꺾여 있었다.

"다, 다리는 어떻게 된 거야?"

"떨어질 때 부러졌나 봐. 뭐, 좀 아프긴 한데 죽을 정도는 아니야."

태기 형은 별것 아니라는 투로 말하고는 밧줄을 풀어 주었다. 팔과 손목이 밧줄에 쓸린 상처로 온통 벌겠다. 오랫동안 무릎을 꿇고 있었던 탓에 다리도 저렸다. 하지만 살아남았다는 사실보다 중요한 것은 없었다. 절뚝거리며 일어난 나는 태기 형을 향해 고개를 숙였다. 그것만으로는 부족한 것 같아 더듬거리며 입을 열었다.

"고마워…… 태기 오빠. 살아 있어서 정말 다행이야."

내 말에 태기 오빠의 작은 눈이 커다래졌다.

"아이고, 권이담한테 인사도 다 받고 황송하네. 내 이름은 어떻게 알았어? 다른 애들 이름 따위는 관심 없는 줄 알았는데."

태기 오빠의 지적에 속이 뜨끔했다. 솔직히 그랬다. 지금까지 나의 목적은 엄마를 구하는 것밖에 없었다. 감옥에서 친구를 사귈 이유도 없었다. '소년들의 날'이 시작되고 나서도 죽은 아이들이 안타까웠지만 그들의 이름을 알고 싶지 않았다.

이름을 안다는 것은 그 사람과 내가 연결된다는 것이다. 누군가가 각별해진다는 의미였다. 엄마만 생각해야 하는데. 그래야 냉정하게 '천사의 별'을 혼자 차지할 수 있을 텐데. 그런데 이 지옥 같은 곳에서 내 이름을 불러 주는 사람들이 생겼다. 그리고 내게도 의미 있는 이름들이 자꾸만 가슴에 박혔다. 누군가의 이름과 그들의 간절한 사연을 너무 많이 알게 됐다. 엄마 외에 소중한 존재가 생기면 안 되는데…….

꼭 체한 것처럼 속이 울렁거렸다. 나는 애써 괜찮은 척 미소를 지었다.

"해우가 오빠 이름을 자주 부르는 걸 들었어. 그리고 생명의 은인한테 인사는 해야 하니까."

"생명의 은인이라. 캬아, 이거 기분 좋은데. 그러면 해우, 넌 내가 두 번이나 구해 준 거야."

태기 오빠는 너스레를 떨며 해우의 어깨를 툭 쳤다.

"세 번이지. 길거리에서 굶어 죽을 뻔했던 것도 구해 줬고, 아까도 나 대신 칼에 맞은 거잖아. 그리고 지금도."

태기 오빠를 바라보는 해우의 눈빛이 따뜻했다. 오빠는 손을 들어 해우의 머리칼을 마구 흐뜨렸다. 두 사람의 관계가 얼마나 끈끈해 보이는지 질투가 날 정도였다. 나는 괜히 헛기침하며 주의를 돌렸다.

"살아남았으니까 이제는 '천사의 별'을 생각해야 해. 지도가 문제야. 지도 없이 어떻게 세 번째 목적지로 가지?"

찢긴 채 바닥에 흩뿌려진 지도 조각을 가리키며 말했다. 한가롭게 퍼즐 맞추기를 할 수도 없었다. 게다가 조각이 전부 있다는 보장도 없었다. 다들 한숨을 내쉬었다.

"나, 지도가 대충 기억나는데. 하도 열심히 들여다봐서."

그렇게 말한 것은 여태 가만히 있던 북쪽 아이였다.

"정말? 나도 어렴풋이 여기서 동남쪽에 목적지가 있었던 건 기억나. 서쪽에 큰 산이 있었고."

내가 반색을 하며 말하자, 해우도 뭐든 기억해 내려는 듯 미간을 찌푸리며 말했다.

"음, 왼쪽에 꽤 깊은 계곡도 있었던 것 같아."

그러고는 태기 오빠를 쳐다보았다. 오빠는 어깨를 으

쓱하며 자신은 아무 생각도 나지 않는다며 미안하다고 했다. 아이는 괜찮다며 웃었다.

"같이 이야기하다 보면 생각나는 게 있을 거야. 아니, 이럴 게 아니다. 그냥 말만 하지 말고 그림으로 옮기자. 우리가 지도를 만드는 거야."

그렇게 말한 아이는 두리번거리더니 벌떡 일어났다. 곧바로 어디론가 달려갔다.

"여기에 지도를 그리면 되겠다."

그 애는 가져온 커튼을 들어 올렸다. 그리고 말릴 새도 없이 이로 커튼 조각을 뜯었다. 체육관 창고를 뒤져 옛날에 쓰던 유성펜도 찾아 왔다.

아이는 제법 네모반듯하게 뜯긴 커튼 조각에 펜으로 지도를 그리기 시작했다. 선이 지나간 자리에 금세 산과 골짜기가 생겼다. 나와 해우는 이정표가 될 만한 봉우리며 길, 바위 따위를 생각나는 대로 말했다. 그림을 그리는 아이가 훨씬 더 자세하게 기억하고 있어 다행이었다. 제법 지도 모양을 갖춰 갔다.

"야, 너 굉장한데?"

나도 모르게 감탄사를 터뜨리자 아이는 수줍게 얼굴을

붉혔다.

"나, 그림 그리는 거 좋아해. 그래서 그런지 이미지를 보면 기억에 오래 남더라고."

그러더니 잠시 머뭇거리다 덧붙였다.

"난 '천사의 별'을 찾으면 돔팰리스에서 제대로 그림 공부를 하고 싶어. 그래서 화가가 되는 게 꿈이야."

순간 정적이 흘렀다. '소년들의 날'에서 만난 게 아니었다면 꿈이 멋지다며 꼭 이룰 수 있을 거라고 말해 주었을 텐데. 지금은 함부로 그런 응원을 해 줄 수가 없었다. 아무도 대답할 말을 꺼내지 못하자, 아이의 얼굴이 어두워졌다. 심장이 찔린 것처럼 아팠다. 그래서 나는 응원 대신 질문을 했다.

"넌 이름이 뭐야?"

"나? 리준수야."

그 아이는 이름을 물어봐 준 것이 기뻤는지 환하게 웃었다.

"자, 다 됐어. 이 정도면 다시 길을 찾을 수 있겠지?"

준수가 완성된 지도를 들어 보이며 외쳤다. 해우와 태기 오빠는 준수의 어깨를 두드렸고, 나는 손바닥을 마주

치며 하이파이브를 했다. 모르겠다. 그냥 지금은 또 하나
의 이름을 알게 돼서 좋았다. 그러니까 일단 함께 가 보자,
가서 부딪치자, 그렇게 생각했다.

용 그림자

"말도 안 돼! 어떻게 형을 두고 가?"

해우가 펄쩍 뛰었다. 나도 뭘 잘못 들었나 싶어 두 눈만 끔뻑거렸다. 태기 오빠는 웃음을 거두지 않은 채 바깥으로 꺾인 오른쪽 다리를 가리켰다.

"내가 지금 웃고 있어서 그렇지, 이거 진짜 아파. 이대로는 몇 미터 가지도 못할 거야. 이 다리로 어떻게 산을 넘냐? 난 못한다. 아니, 안 한다."

"무슨 소리야? 내가 업고라도 어떻게든 데려갈 테니까 두고 가라는 말 따위 하지 마!"

태기 오빠는 씩씩거리는 해우를 보고는 한숨을 쉬었다. 그러더니 고개를 돌려 나를 보았다.

"권이담. 얘 좀 어떻게 해 봐라. 넌 이성적인 애잖아. 그러니까 냉정하게 생각해. 우리가 이렇게 망설이는 동안 시영이는 이미 도착했을지도 몰라. 그러면 모든 게 다 끝이라고."

현실적으로 태기 오빠를 데리고 가는 건 어려웠다. 그렇다고 어떻게 목숨을 구해 준 사람을 혼자 두고 간단 말인가. 하지만 이 모든 고민도 '천사의 별'을 시영에게 뺏긴다면 아무 의미가 없었다.

나는 어금니를 꽉 깨물었다. 그리고 해우의 눈을 똑바로 쳐다보며 말했다.

"태기 오빠 말이 맞아. 오빠는 지금 걸을 수 없어. 산속에서 급하게 도망쳐야 할 일이 생기면 어떻게 할 거야? 해우 네가 아무리 힘이 세도 전속력으로 달릴 수 있어? 그건 둘 다 위험해지는 일이야."

"그, 그렇지만……."

"그래도 여기는 비교적 안전하잖아. 그러니까……."

갑자기 눈가가 뜨거워지며 목이 멨다. 다음 말을 꺼내

기가 쉽지 않았다. 하지만 난 흠흠 헛기침을 하고는 말을 이었다.

"그러니까 우리가 빨리 '천사의 별'을 찾아서 태기 오빠를 데리러 오면 되잖아. 오빠는 강한 사람이니까 틀림없이 우리가 올 때까지 기다리고 있을 거야."

간신히 말을 끝내자 태기 오빠가 고개를 끄덕였다.

"당연하지. 나 안 죽고 있을 테니까 꼭 데리러 와. 안 오면 내가 가만 안 둔다. 귀신이 돼서라도 쫓아갈 테니까 꼭 와야 해."

태기 오빠는 말을 마치고 웃으려 했으나 잘되지 않았다. 경직된 뺨이 파르르 떨렸다. 떨리는 걸 참으려는 건지 오빠는 주먹을 꽉 쥐었다. 그러더니 뒷걸음쳐 벽에 기대 앉았다.

"아, 피곤하다. 너희 빨리 가라. 나 좀 쉬게."

핏기 없는 얼굴로 벽에 기댄 태기 오빠를 보자, 도저히 이대로 갈 수가 없었다. 눈을 돌려 창가를 보니 하늘이 조금씩 밝아지고 있었다. 지금쯤이면 늑대도 물러갔으리라.

나는 문으로 빠르게 달려나가며 소리쳤다.

"잠깐만! 나 잠깐만 나갔다 올게."

어리둥절해하는 아이들을 뒤로하고 그길로 학교 뒷산에 올랐다. 초여름답게 갖가지 풀이 무성했다. 나는 거친 풀을 손으로 헤쳤다. 풀에 베여 따끔거렸지만 멈출 수 없었다.

희부옇게 밝아 오던 하늘은 어느새 붉은 여명으로 물들었다. 빨리 돌아가야 하는데 초조했다.

'있다!'

정신없이 두리번거리던 내 눈에 마침내 고추나물이 보였다.

나는 다섯 장의 노란 잎을 달고 있는 고추나물의 잎을 한 움큼 뜯었다. 잎의 즙을 내서 상처에 붙이면 지혈 효과가 있다는 것을 VR게임에서 본 기억이 났다. 나는 다시 주변을 두리번거렸다. 열을 내리고 진통 효과가 있다는 도꼬마리 열매도 땄다. 윗옷을 앞으로 당겨 거기에 풀과 열매를 담아 산길을 뛰어 내려갔다. 가다가 검붉게 익은 오디와 산딸기 그리고 나무에 붙어서 자라는 느타리버섯도 발견했다. 보물이라도 얻은 듯 기뻤다.

헉헉거리며 체육관으로 들어섰다. 나는 숨 돌릴 틈도 없이 곧바로 태기 오빠에게 다가가, 고추나물잎을 찧어서 칼에 찔린 상처에 붙였다. 도꼬마리 열매도 즙을 내어 먹였다.

"이거 지혈 효과가 있는 풀이야. 다행히 상처가 그렇게 깊지는 않으니까 곧 아물 거야. 그리고 이건 산속에서 찾은 오디랑 산딸기고. 이거 먹으면서 우리가 올 때까지 버티고 있어."

태기 오빠의 눈이 젖어 들었다. 내내 어둡던 해우도 그제야 안심이 됐는지 표정이 풀렸다. 해우는 꼭 다시 오겠다며 태기 오빠를 꽉 끌어안았다. 오빠는 남자끼리 징그럽게 왜 이러냐며 해우를 밀어냈다. 그러고는 빨리 가라고 재촉했다.

챙길 것이라고는 준수가 그린 지도 한 장밖에 없었다. 터벅터벅 걸어 체육관을 나왔다. 아침 햇살이 체육관 안으로 비쳐 들었다. 미소 띤 태기 오빠의 얼굴이 햇빛을 받아 환했다. 해우는 체육관 문이 잘 잠겼는지 몇 번이나 확인하고서야 몸을 돌렸다.

태기 오빠를 뒤로하고 마을을 빠져나온 우리는 손으로 그린 지도에 의지해 길을 찾아 갔다. 지도는 꽤 정확했다.

헤매지 않고 서너 시간 만에 세 번째 목적지가 있는 산으로 접어들었다.

문득문득 태기 오빠가 떠올랐지만, 그럴수록 걸음을 빨리했다. 오빠를 생각할 때마다 혼란스러웠다. 진짜로 내가 '천사의 별'을 찾아 우승한다고 해도 오빠를 찾으러 갈 수 있을지, 최종 우승자는 단 한 명뿐인데 끝까지 해우, 준수와 함께할 수 있을지 확신할 수 없었다. 목적지가 가까워질수록 마음이 뒤죽박죽이었다.

하지만 곧 아무 생각도 할 수 없었다. 가까스로 산의 절반을 오른 지점이었다. 어디선가 새하얀 안개가 몰려오고 있었다. 계곡의 짙은 안개에 흰 개망초에 흩뿌려진 붉은 핏자국이 떠올라 멈칫할 수밖에 없었다.

준수가 날 돌아보며 물었다.

"어, 어떡하지?"

무섭긴 나도 마찬가지였지만 뚫고 가는 것 말고는 다른 방법이 없었다.

나는 아이들을 향해 단호하게 말했다.

"어쩌면 더 잘된 건지도 몰라."

내 말에 준수가 눈을 동그랗게 뜨고 물었다.

"그게 무슨 말이야?"

"시영이 일행 역시 안개 속을 헤매느라 속도가 늦어졌을 테니까."

나는 마른침을 꿀꺽 삼키고는 안개 속으로 들어갔다. 가시거리가 채 1미터도 되지 않았다. 문제는 나침반을 뺏겨서 방향을 전혀 가늠할 수 없다는 점이었다. 이 안개 속에서 보이는 거라고는 나무와 풀뿐이었다.

문득 식물은 약이 되기도 하지만 길을 알려 주기도 한다던 영수 할아버지의 말이 떠올랐다. 나는 그 기억을 되살리며 안개 속에서 기다란 회색 그림자를 찾았다. 하늘을 향해 뻗은 큰 나무가 필요했기 때문이었다. 마침내 찾아낸 큰 나무 아래에 쪼그리고 앉아 밑동에 얼굴을 들이밀었다. 내 예상대로 이끼가 빽빽하게 자라고 있었다.

"이담아! 지금 뭐 하는 거야?"

해우의 어리둥절한 목소리가 들려왔다.

"이끼는 말이야, 햇볕을 싫어하고 축축한 곳을 좋아하거든. 그래서 나무 밑동을 살피면 이끼가 많이 붙어 있는 쪽이 북쪽이야. 그러니까 바로 저기가 북쪽일 가능성이 크지."

나는 쪼그려 앉은 채로 나무를 한 바퀴 빙 돌았다. 이끼가 많은 곳과 적은 곳이 확연히 차이가 났다. 그런데 문득 이상한 기분이 들었다. 사방으로 뻗친 게 꼭 별을 닮은 이 이끼를 어디선가 본 것 같았다. 기억이 떠오를 듯 말 듯 가물가물했다.

　"이 나무도 같은 쪽에 이끼가 많네. 진짜 신기하다."

　들뜬 준수의 목소리에 나도 소리 높여 대답했다.

　"일단은 동남쪽으로 가야 하니까, 저 방향으로 가 보자. 안개가 걷힐 때까지는 이런 식으로 방향을 찾아야 할 것 같아."

　나와 아이들은 안개를 헤치며 나무 밑동과 가지가 휜 방향을 살폈다. 그러느라 두려움 따위는 느낄 새가 없었다. 계곡에서 처음 안개를 맞닥뜨렸을 때는 무섭고 막막했는데 지금은 해 볼 만하다는 생각이 들었다. 믿을 수 있는 친구들과 함께 있기 때문일까. 어느새 해우와 준수를 친구로 여기고 있는 내가 어이없었지만 기분 나쁘지는 않았다.

　서로를 믿으며 안개를 헤치면서 나아갔다. 얼마쯤 지나자 가파른 오르막길이 끝나나 싶더니 갑자기 땅이 평평해졌다. 안개가 짙어 눈앞에 뭐가 펼쳐져 있는지 알 수가 없었다.

"잠깐만! 왜 갑자기 오르막이 끝난 거지? 벌써 정상인 거야? 세 번째 목적지는 산꼭대기에 도착하기 전이라고 하지 않았어?"

"그러게. 지도상으로는 분명히 정상 조금 아래였는데."

준수의 대답에 나는 조심조심 발을 디디며 주변을 살폈다. 그런데 바닥을 밟을 때마다 느낌이 이상했다. 뭔가 물컹했다. 나는 허리를 굽혀 바닥을 살폈다. 나뭇잎 썩는 냄새와 젖은 흙냄새가 올라왔다. 계곡도 없는데 습한 땅이라니 뭔가 이상했다.

물을 잔뜩 머금은 바닥에는 큰 나무 대신 가늘고 긴 풀이 천지로 자라고 있었고, 그 사이사이에는 이끼가 잔뜩 깔려 있었다. 꼭 솔잎 같은 모양인데 위에서 보니 별처럼 보이기도 했다. 분명 좀 전에 방향을 찾느라 살폈던 나무 밑둥의 이끼와 종류가 같았다. 어디서 비슷한 걸 더 본 것 같았지만 잘 기억나지 않았다.

그때였다. 어디선가 흐느끼는 소리가 났다. 놀란 눈으로 굳어 버린 준수를 보니 잘못 들은 게 아니었다. 온몸에 소름이 돋았다.

"거기 누구 있어요?"

말릴 틈도 없이 해우가 소리 나는 쪽으로 고함을 쳤다. 나는 해우의 입을 틀어막으며 "함정이면 어쩌려고 그래?" 하고 속삭였다. 조용해지자 누군가 울부짖는 소리가 더 잘 들렸다.

"으흐흑. 살려 주세요! 제발 살려 줘. 나도 데려가 달라고!"

어쩐지 귀에 익은 목소리였다. 그게 누구인지 알아챈 순간, 해우의 눈빛이 돌변했다. 잔뜩 굳어진 얼굴로 입을 막고 있는 내 손을 치웠다. 그러고는 소리가 나는 쪽으로 성큼성큼 걸어갔다. 나도 서둘러 해우의 뒤를 쫓아갔다. 그러다 얼마 못 가 멈추었다. 바닥이 질척거리면서 발이 푹푹 빠졌기 때문이었다. 여긴 늪이었다.

"해우야! 거기 서. 여기 늪이야! 더 가면 못 빠져나와."

내가 다급하게 외치자, 해우는 우뚝 섰다. 잠시 후 울음 섞인 외침이 들려왔다.

"설마, 권이담? 너, 너희가 어떻게…… 여기까지 왔어? 어, 어제는 정말 미안해. 시영이가 너무 몰아붙이니까 나도 어쩔 수가 없었어. 나도 그렇게까지 할 생각은 아니었어. 흐윽, 정말 미안해."

해우를 찌르려다가 태기 오빠를 다치게 한 녀석, 세진이었다.

"부탁이야! 제발 나 좀 꺼내 줘. 가슴까지 빠져서 움직일 수가 없어. 점점 더 깊숙이 빠지고 있단 말이야!"

나는 해우를 쳐다보았다. 아무리 불쌍해도 해우가 그냥 내버려 두자고 하면 그럴 생각이었다. 하지만 해우는 아무 말 없이 서 있었다. 그래서 나는 긴 나뭇가지를 꺾어 와 세진에게 다가갔다. 세진은 내가 내민 나뭇가지를 허겁지겁 잡았다. 늪은 엄청난 힘으로 녀석을 빨아들이고 있었다. 내 힘만으로는 부족했다. 준수가 와서 도왔고, 나중에는 해우까지 힘을 보탰다. 셋이 안간힘을 쓰고서야 간신히 끌어낼 수 있었다.

"대체 어떻게 된 거야? 시영이는? 다른 애들은 다 간 거야?"

나는 흙투성이가 된 채 헉헉거리고 있는 세진에게 질문을 쏟아 냈다.

"안개가 너무 짙었어. 은성이는 진짜로 이담이 네가 올 거라고 생각했는지 일부러 시간을 끌면서 자꾸 넘어졌고. 한번은 도망가다가 잡히기까지 했어. 그러느라 속도도 나지 않고, 다들 신경이 날카로워졌어."

묻지도 않은 은성의 이야기를 세진은 늘어놓았다. 은성이 달아나려고 했다는 건 뜻밖이었다. 시영의 편에 선 것이 아니었던가? 잠시 그런 생각을 하고 있는데 세진이 울먹이며 말을 이었다.

"겨우겨우 여기까지 왔는데 땅이 이상하게 질척거리는 거야. 시영이가 나보고 앞장서라고 하더라고. 자꾸 재촉하니까 서두르다가 진창에 빠졌는데, 발이 안 빠지더라. 시영이가 몸이 가벼워야 나오기 쉽다고 가방부터 벗어서 던지라고 했어. 시키는 대로 했는데…… 그랬는데 내 가방만 가지고 가 버렸어. 날 그냥 버려 두고 말이야."

세진은 치가 떨리는지 주먹으로 바닥을 내리쳤다. 역시 시영다웠다. 손도 대지 않고 경쟁자를 한 명 더 제거했으니 속으로 쾌재를 불렀으리라. 한바탕 시영에 대한 화를 쏟아 낸 세진은 차마 고개를 들지 못하고 더듬거렸다.

"내, 내가 시영이 같은 애를 믿고 그런 짓을 하다니 정말 미쳤었나 봐. 너무 미안해. 처음부터 칼로 찌르려던 건

아니었어. 그냥 겁만 주려고 했는데…… 죽을 줄은 몰랐
어, 정말이야."

세진은 두 손으로 제 얼굴을 가린 채 어린아이처럼 울
었다.

"사과는 나중에 직접 해. 태기 형은 안 죽었으니까."

해우의 말에 세진은 놀란 듯 고개를 들었다.

"정말? 정말이야?"

해우는 대답 대신 다리에 묻은 진흙을 털어 내며 말했
다.

"걸을 수 있겠어?"

세진이 고개를 끄덕이며 몸을 일으켰다. 준수가 커튼
으로 만든 지도를 꺼내 들며 말했다.

"가방을 뺏겼다니 아쉽다. 지금부터는 자세한 진짜 지
도가 필요한데 말이야."

그 말에 세진이 뭔가 생각난 듯 자기 몸을 더듬더니 윗
옷 안주머니에서 지도를 꺼냈다. 끝만 조금 젖었을 뿐 멀
쩡했다.

"맨 앞에서 길을 찾느라 내내 지도를 손에 들고 걸었어.
늪에 발이 빠지자마자 지도를 지켜야 한다는 생각에 여기

잘 넣어 놨었고."

준수가 환호하며 지도를 받아 들었다. 세진은 자기가 도움이 됐다는 사실에 얼굴이 펴졌다. 해우의 찌푸린 미간도 조금은 풀어진 것 같았다. 세진의 말로는 시영이 지나간 지 한 시간 정도밖에 되지 않았을 거라고 했다. 모두 걸음을 서둘렀다.

목적지에 가까워질수록 늪 대신 작은 물웅덩이가 많아졌다. 그러다 마침내 넓고 잔잔한 큰 못이 나왔다. 양 끝은 가늘고 가운데로 갈수록 넓어지는 초승달 모양이었다.

"맙소사, 세 번째 목적지는 저 못 한가운데야!"

준수가 말도 안 된다는 얼굴로 외쳤다. 주변을 둘러봤지만 배 같은 게 있을 리 없었다. 수영이라도 해야 하나. 시영이 이미 가져가 버렸으면 어쩌나 하는 걱정도 들었다. 하지만 가 보지도 않고 포기할 수는 없었다. 일단 수심이 얼마나 되는지 알아봐야 했다. 돌멩이 같은 걸 던져 보면 좋을 텐데 싶어 못 주변을 둘러보았다. 얼마 못 가 딱딱한 것이 발끝에 차였다. 반색하며 주워 보니 낡은 표지판이었다. 거기에는 반쯤 지워진 글씨가 새겨져 있었다.

"용늪은 …… 해발 1,304m로 …… 고층습원이다. 하늘

로 올라가는 용이 쉬었다 가는 곳이라는 전설에서 유래한
······ 민간인 통제선 안에······."

알아볼 수 있는 글자는 이 정도였다. 그래도 이곳의 이
름이 용늪이고 고층습원이라는 것은 알 수 있었다. 물을
공급받을 곳이 없는데 습지가 생기다니 참 특이했다. 내
가 주운 표지판을 어깨 너머로 보던 준수가 피식 웃었다.

"용의 전설이라니 너무 황당한데. 이래서야 용 그림자
를 어디서 찾아?"

그러고 보니 세 번째 전파 증폭기를 찾을 단서가 용과
그림자였다. 준수의 말대로 용이 전설이라면 용의 그림자
는 도대체 뭘까. 머리가 지끈거렸다.

그때 갑자기 등 뒤에서 첨벙하는 소리가 들렸다. 놀라
서 뒤를 돌아보니 해우가 바지를 걷어붙인 채 못으로 들
어가고 있었다.

"류해우! 지금 뭐 하는 거야?"

"일단 들어가 보려고. 가다가 너무 깊으면 다시 나오면
되잖아."

용감한 건지 무식한 건지 알 수 없었지만, 지금은 해우
의 말이 맞을지도 몰랐다. 나도 해우의 뒤를 따라 물속으

로 들어갔다. 미끌미끌하면서도 거친 흙덩이가 발에 밟혔다. 생각보다 물은 맑았고 냄새도 역겹지 않았다.

준수와 세진이 바깥에서 방향을 일러 주었고, 나와 해우는 차가운 물을 몸으로 밀어 내며 나아갔다. 해우 말대로 가슴께 정도에서 더 깊어지지는 않았다. 다행이라고 생각하며 이제 어디로 가야 하냐고 물었는데, 대답 대신 비명이 들려왔다.

"으헉! 용, 용이다! 진짜 용이야!"

"해우야, 이담아! 어서 피해!"

숨이 넘어갈 듯한 아이들의 외침에 놀라서 홱 뒤를 돌아보았다. 거대한 뱀같이 길고 비늘이 덮인 몸에 날카로운 발톱이 달린 네발이 공중에 떠 있었다. 부리부리한 눈에 긴 수염을 휘날리며 이쪽으로 날아오고 있는 건, 틀림없는 용이었다. 언제 안개가 사라졌는지 용의 모습이 선명하게 보였다. 우리를 매섭게 노려보던 용은 금방이라도 불을 내뿜을 것처럼 입을 벌렸다. 폭풍우에 울부짖는 파도처럼 크아아, 쓰아아 같은 괴상한 소리가 울려 퍼졌다.

본능적으로 반대 방향으로 도망가던 나는 그 자리에 우뚝 멈춰 섰다. 이건 말도 안 된다. 용은 전설의 동물이다. DMZ에서 마주쳤던 표범이나 늑대와 달리, 용은 실재할 리가 없었다. 빨리 도망가라는 아이들의 외침이 들렸지만, 나는 몸을 돌려 용을 마주 보았다. 내 예상대로였다. 용은 어느 지점에서 더는 가까워지지 않았다. 그리고 이 용이 가짜라는 결정적인 증거가 있었다. 녀석에겐 그림자가 없었다.

"저거 가짜야! 홀로그램으로 만든 용이라고."

어리둥절해하는 해우를 두고 나는 용에게 가까이 다가갔다. 꽤 실감 나는 홀로그램이지만 가짜라고 생각하고 보니 귀엽기까지 했다. 나는 그대로 홀로그램을 통과했다.

잔잔한 수면 위에 어떤 그림자가 어른거렸다. 두 개의 뿔과 툭 튀어나온 입 그리고 기다란 몸까지. 영락없는 용 모양이었다. 나는 고개를 들어 위를 보았다. 평평한 습지가 끝나고 정상까지 다시 가파른 산이 이어졌다. 산 정상에는 기괴한 모양의 바위가 있었는데 그게 못에 비친 것이다. 용의 모습을 한 물그림자 안에 직사각형의 상자가 가라앉아 있었다.

혼란

또다시 암호였다. 이쯤 되니 헛웃음이 나왔다. 게다가 이번에는 가야 할 목적지도 없었다.

"대체 '안개'와 '길'이라니 이게 무슨 소리야?"

준수가 눈살을 잔뜩 찌푸리며 말했다. 물 아래에서 꺼낸 전파 증폭기는 어김없이 잡음을 내뱉었다. 그걸 모스 부호로 바꿔 보니 '안개'와 '길'이라는 엉뚱한 단어가 나온 것이다. 다들 그게 무엇을 의미하는지 골똘히 생각했지만 막막하기만 했다.

"복잡하게 생각할 거 없어. 단어 그대로 아닐까? 안갯길. 그러니까 안개가 가는 길이라는 거지."

한참을 머리를 긁적이던 해우가 그렇게 말하자, 준수가 타박을 주었다.

"설령 네 말이 맞는다고 치자. 안개가 어디로 가는지 우리가 어떻게 알아? 소리가 있는 것도 아니고 일정한 형체가 있는 것도 아닌데 보이겠냐고?"

그 순간 머릿속을 스치는 생각이 있었다. 나는 벌떡 일어나며 외쳤다.

"아니야! 볼 방법이 있어."

빨리 내 가설이 맞는지 확인해 보고 싶었다. 나는 산꼭대기를 향해 뛰어올랐다. 아이들도 곧 뒤따라왔다. 무슨 일이냐고 몇 번이나 물었지만 나는 곧 알게 될 거라고만 했다.

오르막길인데도 힘든 줄 모르고 걷는 것에만 집중했다. 어디서 그런 힘이 솟았는지 모르겠지만 내내 가슴이 뛰었다.

한 시간여 만에 드디어 정상에 올랐다. 울퉁불퉁한 큰 바위들이 솟아 있었고, 용 모양의 바위 뒤에는 키 큰 소나무 한 그루가 삐죽이 서 있었다.

나는 바위들을 등지고 섰다. 사방이 확 트여서 거칠 것 없이 불어오는 바람이 내 몸을 휘감았다. 물에 들어갔다 나온 데다가 땀으로 온몸이 젖어 있는 탓에 으슬으슬 춥기까지 했다. 나는 떨리는 주먹을 꽉 쥐고는 산 아래를 내려다보았다.

지금까지 우리가 걸어왔던 곳이 한눈에 들어왔다. 태기 오빠가 있는 마을도, 천국에서 지옥으로 순식간에 바뀌었던 계곡도. 그리고 내 예상대로 그것이 있었다.

나는 헉헉거리며 내 옆에 선 아이들을 향해 말했다.

"저기 봐! 안개가 흐르는 길이 보이지?"

계곡을 뒤덮었던 안개가 어디론가 흘러가고 있었다. 이 산허리를 감싸고 있던 안개도 마찬가지였다. 안개는 사라진 것이 아니라 북쪽으로 끊임없이 움직였다. 마치 길을 따라가기라도 하듯. 각각 다른 방향에서 시작된 안개가 모이는 지점이 있었다.

"저기야! 바로 저기가 최종 목적지일 거야!"

내 말에 아이들의 입이 크게 벌어졌다. 준수는 기뻐서 펄쩍펄쩍 뛰면서도 지도에 표시하는 걸 잊지 않았다. 정말이지 이곳에서만 확인할 수 있는 안갯길이었다. 마침내 모든 비밀을 푼 것 같아 가슴이 벅찼다. 해우가 웃으며 날 향해 엄지손가락을 세워 보였다. 그러더니 제 윗옷을 벗어 내 어깨에 덮어 주었다.

난데없이 얼굴이 달아오르며 가슴이 쿵쿵거렸다. 해우의 옷을 덮은 어깨 쪽이 불에 덴 듯 화끈거리는 것 같았다. 날 향해 웃어 주던 해우의 미소가 자꾸만 떠올랐다.

'이런 미친…… 지금 무슨 생각을 하고 있는 거야.'

나는 떠오르는 생각을 떨쳐 내려고 고개를 세차게 흔들었다.

"역시 강은성의 말이 맞았어."

난데없는 목소리에 벼락이라도 맞은 듯 온몸이 뻣뻣해졌다. 용 모양 바위 뒤에서 모습을 드러낸 건 시영 일행이었다. 손이 뒤로 묶인 은성도 함께였다. 도망치다 잡혔을 때 묶인 모양이었다. 시영 일행은 날카로운 단도를 겨누면서 우리에게 다가왔다.

"너, 너희가 여기는 어떻게?"

놀란 내가 더듬거리자 시영이 손을 들어 은성을 가리켰다.

"강은성이 그러더라. 권이담은 이 수수께끼를 풀 수 있을 거라고. 그러니 숨어서 기다리자고 말이야."

시영의 말로는 이미 한 시간 전에 용 그림자를 발견했고, 전파 증폭기까지 손에 넣었다고 했다. 은성이 모스부호로 변환하긴 했지만 그게 의미하는 것이 뭔지는 알 수 없었다고 했다. 한참 끙끙거리고 있는데 누군가의 기척이 들렸다. 나와 해우가 습지에 도착한 것이다. 공격하려는 걸 막은 것이 은성이었다. 은성은 내가 틀림없이 암호의 비밀을 풀 거라고 했다. 그래서 내가 쫓아오는지 알면서도 그냥 내버려 두었다고 한다. 전파 증폭기도 제자리에 다시 넣어 둔 것이고.

"물론 강은성이 널 도우려고 한 제안이지만 뭐, 상관없어. 그 폐교에서 어떻게 살아 나왔는지도 관심 없고. 자, 이제 그 지도 이리로 넘겨."

시영의 날카로운 시선이 준수가 들고 있던 지도를 향했다. 준수가 화들짝 놀라 안갯길을 표시한 지도를 품속으로 숨겼다. 해우는 몸을 돌려 소나무 가지를 꺾었다. 그리고 야구 배트처럼 양손으로 단단히 쥐었다. 절대 쉽게 넘기지 않겠다는 의지를 온몸에서 뿜어냈다.

시영과 덩치, 재경이 날카로운 단도를 들고 우리를 노

려보고 있었으나 어젯밤과는 상황이 달랐다. 지금은 낮이었고 좁은 산 정상이었다. 무엇보다 이쪽은 네 명이었고, 저쪽은 세 명뿐이었다. 시영도 완전하게 유리한 형편은 아님을 알아챘는지 미간을 찌푸리며 이를 악물었다. 그러다 갑자기 친절한 미소를 띠며 고개를 돌렸다. 세진을 향해서였다.

"세진아! 아까는 정말 미안했어. 널 그렇게 두고 가는 게 아니었는데 말이야. 섭섭하겠지만 지금은 냉철하게 생각해야 해. 지금 누가 더 '천사의 별'을 손에 넣을 가능성이 크겠어? 우리에겐 식량과 무기가 있어. 우리가 다시 힘을 합치면 금방 찾을 수 있어."

시영의 말을 듣고 있던 세진의 눈빛이 흔들렸다. 세진은 흘끔거리며 나를 보더니 고개를 숙인 채 시영에게로 다가갔다. 시영이 그럴 줄 알았다는 얼굴로 활짝 웃었다. 생명의 은인, 의리 같은 건 바라지도 않았다. 어떻게 자신을 배신하고 버린 사람을 다시 믿을 수 있는 걸까. 조금이라도 더 강한 자에게 빌붙는 저 아이의 생존 방식에 깊은 곳에서 화가 치밀어 올랐다.

"야! 너 약속했잖아."

나는 악에 받쳐 소리를 빽 질렀다. 세진이 주춤거렸다.

"돌아가서 사과하기로 했잖아. 태기 오빠 데리러 같이 가기로 했잖아!"

세진은 몸이 굳어 버린 듯 그 자리에 우뚝 섰다. 그러더니 아주 천천히 뒤를 돌아보았다.

"같이? 우리가 같이 살아남을 방법이 있어?"

세진은 눈물이 가득 고인 눈으로 그렇게 물었다.

"제길, 나도 그런 방법이 있는지는 알 수 없어. 하지만 없으면 만들면 되지. 어떻게든 반드시 그 방법을 찾고 말 거야!"

내가 소리치자 세진이 희미하게 웃는 것 같았다. 그러더니 갑자기 몸을 돌려 시영에게로 쏜살같이 달려들었다. 몸을 그대로 부딪치자 예상치 못한 공격에 놀란 시영이 들고 있던 칼을 휘둘렀다. 잠시 후 세진의 몸이 파르르 떨리나 싶더니, 풀썩 주저앉았다. 배를 움켜쥔 손에서 피가 흘러나왔다.

으아아아, 괴성을 지르며 해우가 시영에게 덤벼들었다. 아마도 태기 오빠를 떠올렸으리라. 그런 해우 앞을 덩치가 막아섰다. 둘은 엉켜서 몸싸움을 벌였다.

세진을 돕기 위해 다가간 내 앞을 재경이 막아섰다. 눈에는 두려움이 가득했고 손은 떨리고 있었다. 쓰러진 세진이 힘겹게 그 애의 이름을 불렀다.

"재경아! 그 칼 내려놔. 시영이를 아직도 믿어? 날 봐. 늪에 빠진 날 어떻게 했는지 떠올려 보라고. 우리가 위험에 빠지면 가차 없이 버리고 갈 거야. 그러니까⋯⋯."

말소리가 점점 작아지더니 끝내지도 못한 채 세진의 몸이 옆으로 기울었다. 놀란 재경이 칼을 버리고 달려갔다. 정신을 잃은 세진의 상처에서 자꾸만 피가 솟았다. 당황한 재경이 두 손으로 상처를 세게 눌렀지만, 소용없었다. 세진은 좀처럼 눈을 뜨지 못했다. 재경의 흐느낌이 오열로 변한 것은 금방이었다. 절규에 가까운 울음을 듣자 심장이 철렁 내려앉았다. 같이 살아남을 방법을 찾을 거라는 내 말을 믿어 줬는데, 나는 세진을 지켜 주지 못했다. 눈앞이 아득해지더니 입술 사이로 흐느낌이 새어 나왔다.

"이담아! 피해!"

은성이 외치는 소리에 고개를 돌렸다. 시영이 무서운 기세로 내게 덤벼들었다. 여기서 밀리면 끝장이라고 생각했는지 피가 잔뜩 튄 얼굴은 필사적이었다. 지면 끝인 건 나도 마찬가지였다. 이가 으스러져라 턱을 악다물고는 재빨리 주변을 살폈다. 마침 재경이 떨어뜨린 단도가 내 눈에 들어왔다. 나는 몸을 날려 그걸 주워 들었다. 시영도 칼 앞에서는 주춤했다.

나와 시영이 대치하는 사이, 해우는 준수가 도와준 덕분에 덩치를 제압할 수 있었다. 은성을 묶은 밧줄도 풀어 주었다. 그러는 동안에도 재경은 넋이 나간 채 세진을 안고만 있었다.

해우와 준수, 은성이 날 도우러 오자 혼자 고립된 시영은 점점 뒤로 밀렸다. 하지만 도망갈 곳은 없었다. 시영의 뒤는 곧바로 낭떠러지였다. 뒷걸음치던 시영의 한쪽 발이 미끄러졌다. 간신히 균형을 잡았지만, 돌멩이가 산 아래로 굴러떨어졌다. 쿵쿵, 돌멩이가 벼랑에 부딪치다 부서지는 소리가 울렸다. 긴장한 시영의 눈꼬리가 한껏 치켜 올라갔고, 손끝이 떨리는 게 보였다. 저렇게까지 절박한 표정을 지금껏 본 적이 없었다.

나는 시영에게 천천히 다가갔다.

"김시영, 이제 그만해."

시영은 날 매섭게 노려보다 입을 열었다.

"뭘 그만하라는 건데? '천사의 별' 찾는 걸 포기하라고? 그러면 나도 네 편으로 받아 주는 거야? 같이 사이좋게 돌아가는 거냐고?"

솔직히 당황스러웠다. 시영과 같은 편이 될 수는 없었다. 가장 강력한 우승 후보였고, 언제 배신할지도 몰랐다. 그렇다고 그 아이가 나한테 했던 것처럼 제거할 수도 없었다.

내가 머뭇거리자 시영이 코웃음을 쳤다.

"왜? 나한테는 같이 돌아가자고 못 하겠어?"

"그럴 생각은 있고?"

내가 시영의 눈을 똑바로 쳐다보며 묻자, 시영이 큭큭 웃었다. 그러다 돌연 눈을 번뜩였다.

"너희 다 멍청이야? 함께 돌아갈 방법이 진짜로 있다고 믿는 거야?"

무섭게 일그러진 얼굴로 나와 아이들의 눈을 쳐다보며 말을 이었다.

"너희는 아직도 세상이 무지갯빛인가 봐. 우정이니 약속이니 하는 걸 믿는 걸 보니. 하지만 난 아니야. 세상에 저 살자고 자식 버리는 부모가 어디 있어? 그것도 부모라고 죽었을 때 울부짖은 게 겨우 열두 살 때였다고. 그 후로 어린 계집애가 개차반 같은 세상에서 어떻게 살아남았을 것 같아?"

점점 말이 빨라지더니 시영은 핏대를 올리며 소리쳤다. 저렇게 흥분한 모습은 처음이었다.

"그 망할 감옥에서 내가 어떻게 여왕벌이 됐는지 너희가 아냐고! 개처럼 기고 물어뜯으면서 여기까지 왔어. '천사의 별'을 찾기만 하면 싹 다 갚아줄 거라고. 날 감옥에 처넣은 새끼, 돼지 같은 교도관들……. 모조리 가만 안 둘 거야! 싹 다 복수할 거라고!"

우리에게 붙잡힌 덩치가 울 것 같은 얼굴로 시영을 불렀다.

"시영아, 지금은 항복하자. 살아 있어야 복수도 하지. 내가 그 새끼 반드시 잡을 수 있도록 도와줄게. 제발!"

덩치의 애원에도 시영은 아무 말도 하지 않았다. 입술을 앙다문 채 씨근덕거리는 가슴을 가라앉혔다. 잠시 후 고요해진 시영의 눈길이 허공을 향했다. 그러다 돌연 고개를 돌려 낭떠러지를 내려다보았다. 거기서 뭘 봤는지 두 눈이 커다래졌다. 시영은 미간을 잔뜩 좁힌 채 뭔가 골똘히 생각하는 듯했다.

마침내 시영이 입을 열었다.

"그들이 그랬어. 우승자는 단 한 사람이라고. 난 우승 못 하면 돌아갈 생각이 없어. 감옥에서 다시는 살고 싶지 않아. 그러니까…… 여기서 안녕."

어울리지 않는 인사에 나는 어리둥절했다. 시영은 내 눈을 똑바로 보며 뒷걸음쳤다. 그제야 시영이 뭘 하려는지 알아챈 나는 비명을 지르며 앞으로 튀어나갔다.

"김시영, 안 돼! 안 돼! 제발…… 그러지 마!"

내가 손을 내밀었지만 시영의 몸은 순식간에 아래로 쑥 꺼져 버렸다. 입술이 덜덜 떨렸다. 다리가 후들거려 자리에 주저앉은 나는 눈을 질끈 감아 버렸다. 뭔가가 심장을 짓누르는 것처럼 숨쉬기가 힘들었다.

'김시영, 넌 왜 이렇게까지 하는 거야? 대체 왜?'

이해가 되지 않아 슬펐고 화가 났다. 눈물조차 나지 않았다. 시영의 이름을 목 놓아 부르며 울부짖는 덩치의 울음이 귓전을 때렸다.

그때였다.

"시영이가, 어디에도 안 보여."

은성의 목소리였다. 나는 파르르 떨리는 눈을 떴다. 은성이 낭떠러지를 내려다보며 당혹스러운 얼굴로 서 있었다. 나는 비틀거리며 일어나 은성 옆에 서서, 주먹을 꽉 쥐고 아래를 내려다보았다. 정말 시영의 모습은 어디에서도 보이지 않았다. 바위산이라 수풀에 가려졌을 리도 없었다.

어느새 울음을 멈춘 덩치가 내 옆으로 다가왔다. 여전히 무서운지 낭떠러지에 배를 대고는 엎드려 아래를 한참이나 살폈다. 그러더니 마침내 몸을 일으켰다.

"시영이는 안 죽었어. 내가 알아. 시영이는 그렇게 죽을 애가 아니야! 내, 내가 이러고 있을 때가 아니지. 시영아, 내가 구하러 갈게! 내가 간다고!"

덩치는 넋이 나간 듯 그렇게 중얼거리고는 헐레벌떡 산 아래로 뛰어갔다. 아이들이 당황하여 덩치를 막으려 했다. 내가 고개를 가로젓자 아이들은 주저하면서도 길을 비켜 주었다. 덩치가 저만치 사라지자 은성이 내게 화를 냈다.

"시영이가 살아 있으면 결정적인 순간에 우리 앞길을 가로막을 거야. 지금 그 싹을 잘라야……."

"은성아, 네가 걱정하는 게 뭔지 나도 알아. 나도 시영이가 밉고 무서워. 하지만 그래도 난 걔가 살아 있으면 좋겠어. 지금까지 아이들이 죽는 걸 너무 많이 봤잖아. 이제는 그만 보고 싶어."

담담하지만 단호한 말투로 말하자, 은성도 더는 말을 꺼내지 않았다.

우리는 다시는 눈을 뜨지 못한 세진을 용바위 뒤 소나무 아래에 묻었다. '소년들의 날'이 시작되기 전만 해도 잘 알지 못하는 아이였다. 이곳에 들어와서 누가 죽는 걸 처음 본 것도 아니지만 세진의 죽음은 달랐다. 함께 살아남겠다고, 그 방법을 찾고야 말겠다고 약속한 아이였다. 나조차도 반신반의하던 말이었는데, 그 말을 믿었던 세진이 죽고 말았다. 죄책감 때문인지 자꾸만 눈가가 뜨거워졌고, 입술이 떨렸다.

"이담아, 그만 가자."

해우가 내 등을 토닥이며 말했다. 은성과 준수도 날 기다리고 있었다. 내내 울던 재경도 '천사의 별'을 시영이 차지하게 둘 수는 없다며 같이 가겠다고 했다.

네 명의 눈동자가 모두 나를 향하고 있었다. 저들은 날 완전히 믿는 걸까, 함께 살아남을 수 있다고 확신하는 걸까 하는 질문이 자꾸만 나를 괴롭혔다. 사실 얼마 전까지만 해도 엄마를 구하는 것만이 내 유일한 목표였다. 하지만 지금은 모두를 구하고 싶다. 더는 죽는 사람이 없었으면 했다. 가슴 한구석에서 빨간 경고등이 깜빡였다. 그러다 모든 것을 잃을 수 있다고.

너무 혼란스러웠지만 도망갈 수도 없었다. 그렇다면 일단 부딪쳐 보자고 생각했다. 혼자라면 깨질 수 있지만, 함께라면 버틸 수 있을지도 모르니까. 나는 그렇게 생각하며 아이들의 얼굴을 둘러보았다. 함께라는 말 때문인지 왠지 배 속에 따뜻한 온기가 퍼지는 것 같았다. 더는 남쪽도 북쪽도 나눌 필요가 없었다. 생존경쟁에서 이기기 위해 눈치 보고 계략을 쓰지 않아도 됐다. 반군이라는 거대한 적과 맞서기 전에 같은 편이 생겨 든든하기까지 했다.

나는 아이들을 향해 힘차게 고개를 끄덕이고는 안개가 흐르는 길을 향해 앞장섰다.

(2권에서 계속)

DMZ 천사의 별 1

ⓒ 박미연, 2022

초판 1쇄 인쇄일 2022년 11월 4일
초판 1쇄 발행일 2022년 11월 18일

지은이   박미연
펴낸이   강병철
편집   최웅기 박혜진 정사라
디자인   연태경 서은영
마케팅   최금순 오세미 공태희
제작   홍동근

펴낸곳   이지북
출판등록   1997년 11월 15일 제105-09-06199호
주소   (04047) 서울시 마포구 양화로6길 49
전화   편집부 (02)324-2347, 경영지원부 (02)325-6047
팩스   편집부 (02)324-2348, 경영지원부 (02)2648-1311
이메일   ezbook@jamobook.com

ISBN 978-89-5707-281-3 (44810)
          978-89-5707-280-6 (Set)